Mord hat viele Kleider!

Zu diesem Buch...

Karl hat sich mit einem Bekannten in der Ruine Ehrenfels bei Rüdesheim verabredet.
Er kommt zu spät und findet nur noch seine Leiche.
Ist er bei der Suche nach sagenhaften Schätzen verunglückt, die in der alten Ruine verborgen sein sollen?
So scheint es.
Karl ist sich nicht so sicher.
Da findet sein Hund Grandpatte merkwürdige Dinge...

Eberhard Kunkel, Jahrgang 1931.
Studium der Anglistik und Psychologie in Innsbruck, Marburg, London und Mainz.
Berufliche Arbeit als Psychologe.
1986 Veröffentlichung des satirischen Gedichtbandes „Der Geier Gogoschinsky".
Seit 1987 Autor der Comicserie KARL.
Inzwischen sind bereits drei historische Kriminalromane von Eberhard Kunkel erschienen, die alle vor dem historischen Hintergrund der „KARL-Zeit", dem ausgehenden 18. Jahrhundert, spielen:

KARL – Der Tote zuwenig
KARL – Mord hat viele Kleider
KARL – Der Scharfrichter von Landau.

Krimi **KARL** Roman

Mord hat viele Kleider!

Ein historischer Roman
von
Eberhard Kunkel

mit
Illustrationen von
Michael Apitz

1. Auflage: April 1996
2. Auflage: November 1997
© ak-verlag GmbH · Haupstraße 65 a · D-65396 Walluf
Telefon 0 61 23/ 99 00 70
Telefax 0 61 23/ 99 00 71

ISBN 3-925771-16-6

*Herrn Dr. h. c. Josef Staab gewidmet,
mit Dank für Rat und Tat*

I

In der Ruine Ehrenfels

Was da vor mir lag, sah aus wie eine Bachkatze, drei kräftige Männerfäuste dick. Bachkatzen nennt man im Rheingau große, verschiedenartig gefärbte Steine, die lange Zeit in der Strömung eines Baches, umspült von Geröll und Sand, gerundet und glatt geschliffen wurden. Mauern, die aus solchen Steinen errichtet sind, sehen bunt und lebendig aus.
Als ich näher herantrat, erkannte ich, daß der Stein an einer Seite mit geronnenem Blut befleckt war. Ich sah auch, daß es keine Bachkatze war, sondern ein Stück eines Felsens, dessen wahre Größe und Gewalt unter dem Erdreich verborgen lag. Vom Blutfleck auf dem Felsen führte eine schwache Blutspur zum Kopf des Jakob Sand, der mit geschlossenen Augen und ausgestreckten Beinen auf dem Rücken lag, den Kopf von diesem Felsen weggewendet, unweit einer viele Fuß emporragenden Wehrmauer, die, im Außenbereich der Ruine liegend, gemeinsam mit einer noch höheren Mauer einen wohlgeborgenen, hofähnlichen Raum bildete.

Jakob Sand war tot.
Sein Schädel war zertümmert.
Ich war zu spät gekommen.
Was war geschehen?
Sollte ich schon wieder in einen Mordfall verwickelt werden?
Nein!
Es war deutlich zu sehen, daß Jakob versucht hatte, die Wehrmauer zu besteigen, dabei offenbar ausgeglitten, hinterrücks abgestürzt und mit dem Hinterkopf ganz unglücklich auf den Felsen aufgeschlagen war.
Ich wendete mich zur Mauer und prüfte die alten Steine. Jakob trug schwere Nagelschuhe, die deutliche Spuren an der Mauer hinterlassen haben mußten. Die Mauer zeigte Schrunden und Risse, und an einer Stelle direkt hinter dem

Felsen standen Steine ein wenig vor. Dort begann ich meine Suche und konnte bald in halber Manneshöhe auf einem vorstehenden Stein ein zertretenes Mörtelstückchen finden. Ein wenig darüber war ein rötlicher Sandstein eingemauert, auf dem ich Kratzer von Jakobs Nagelschuhen entdeckte. Auch darüber fand ich noch weitere Kratzer, als ich versuchte, an der Mauer ein Stück nach oben zu klimmen. Allzuweit brauchte ich mich nicht empor zu wagen, da ich bald davon überzeugt war, daß an dieser Stelle jemand mit Nagelschuhen vor mir versucht hatte, hinaufzusteigen. Ich ließ mich, fast nur noch an den Händen hängend, vorsichtig hinab und nahm mit einiger Erleichterung wieder festen Boden unter meinen Füßen wahr.
Wir sind eben doch vor allem für den aufrechten Gang in der Ebene geschaffen. An Mauern senkrecht nach oben streben mögen die Eidechsen. Mich verlockt nichts, es ihnen gleich zu tun.

Zwischen der Mauer und dem Toten fand ich, von der Mauer zurücktretend, einen kleinen Holunderbusch. Der mußte samt seinen Wurzeln aus der Erde oder vielleicht aus einem Mauerloch gerissen worden sein. Als ich meinen Blick noch einmal über die Mauer gleiten ließ, fiel mir eine Vertiefung auf, an der Mörtel und ein wenig dunkles Erdreich ausgebröckelt waren. Dort, in einer Höhe von etwa drei Metern, hatte Jakob den kleinen Busch herausgerissen. Über dieser Stelle waren an der Mauer keine auffälligen Spuren mehr zu bemerken.
Jetzt konnte ich mir leicht vorstellen, wie es zu dem Unfall gekommen war. Jakob hatte aus irgendeinem Grund auf die Mauer klettern wollen, vielleicht um etwas auszukundschaften, und hatte sich an dem kleinen Holunderbusch festgehalten. Dieser, nur locker auf einer Erdkrume im Gestein sitzend, hatte nachgegeben, war ausgerissen und Jakob, im ersten Schreck, hatte den Halt verloren und war, noch einmal nach der Mauer greifend und dabei den Busch loslassend,

rückwärts von der Mauer auf den Felsen gestürzt. Dabei war der Holunderbusch zwischen ihn und die Mauer zu liegen gekommen.
Für Gedanken an einen Mord blieb da kein Raum.
Ein Mörder hätte den Jakob vielleicht von der Mauer stürzen können. Dann hätte ich aber noch weiter hinaufführende Spuren an der Mauer sehen müssen und keine Erklärung für den ausgerissenen Holunder gehabt. Ein Mörder hätte ihn auch verfolgen, die Mauer hinauf und so in·den Tod treiben können. Dafür aber fand ich gar keine Anzeichen. Ein Kampf oder eine Verfolgung hätte Spuren hinterlassen müssen. Es müßte auch schon ein panischer Schreck gewesen sein, wenn er es vermocht haben sollte, Jakob diese steile Mauer hinauf zu hetzen. Jakob war ein kräftiger Kerl gewesen, mit einem robusten und deshalb auch glücklichen Gemüt, den so leicht nichts in Schrecken versetzen konnte. Ich konnte mir wenigstens nichts vorstellen, das ihn so erschreckt haben könnte.
Ich stand nachdenkend vor der Leiche.
Ich wußte wohl, wie unangenehm es mir gewesen wäre, wenn ich hätte feststellen müssen, daß da wieder ein Mord geschehen wäre. Wir hatten in diesen unruhigen Monaten und Jahren, in denen mal die Preußen, mal die Franzosen, mal die Österreicher und mal die ganz ungebärdigen Soldaten aus Hessen-Darmstadt im Rheingau hausten, gerade genug Schwierigkeiten und brauchten nicht auch noch einen Mordfall, um daran in Zeiten der Muße unseren Geist zu üben.
Wenn es aber so sehr mein Wunsch war, keinen Mord zu entdecken, dann mußte ich mich vor allem davor hüten, zu schnell zu einem Schluß zu kommen. Denn wenn ein Mord geschehen war, dann mußte ich sogleich weitere Nachforschungen anstellen und nicht erst, wenn Nacht und Regen die Spuren verwischt hatten.
Natürlich konnte ich nicht die ganze Burgruine absuchen, zumal die langen Abendschatten schon über die Burghöfe kamen. Ich konzentrierte meine Suche daher auf den Platz

vor der Mauer, auf dem ich Jakob Sand gefunden hatte, fand aber nichts, was ich als Spur eines Mörders hätte deuten können.

Dabei kam mir in den Sinn, daß mein guter Freund, Pater Anselm, der Kellermeister des Klosters Johannisberg, der unlängst mit mir gemeinsam einen Mordfall untersucht hatte, vor einigen Tagen wieder über die Verfolgung von Verbrechen gesprochen und erwähnt hatte, daß ein römischer Konsul aus dem zweiten Jahrhundert vor Christi Geburt mit dem leicht zu merkenden Namen Lucius Cassius Longinus Ravilla auf die Idee gekommen war, man müsse bei einem Verbrechen immer fragen „cui bono?", „wem nützt es, wem gereicht es zum Vorteil?", wenn man den Verbrecher oder den Mörder finden wolle.

Diese Idee schien mir nun geeignet, einen Mord auszuschließen. Wenn man einen Mörder dadurch finden konnte, daß man den suchte, der aus dem Mord einen Nutzen ziehen konnte, so konnte man wohl einen Mord ausschließen, wenn ein Tod vorlag, von dem keiner einen Nutzen haben konnte.

Für wen aber sollte der Tod des Jakob Sand nützlich sein?

Er war Weinschröter von Beruf und hatte in diesem Beruf wenig Gelegenheit gehabt, Reichtümer anzuhäufen. Weinschröter, das sind die Leute, die die Weinfässer transportieren. Sie holen sie mühsam mit Winden und Schrotleitern und der Kraft ihrer Arme aus den Kellern. Sie verdienen wenig dabei und wenden von dem Wenigen noch so manches an den Wein, den sie gerne trinken. Sie sind zwar manchmal grob und im Bewußtsein ihrer Kraft nicht geneigt, sich etwas gefallen zu lassen. Aber gerade Jakob ruhte in seiner Kraft und konnte sich so wenig vorstellen, daß ihn einer absichtlich beleidigen könnte, daß er nur selten Anstoß nahm und auch dann schnell bereit war, sich zu versöhnen. Ich kannte niemanden, der ihm längere Zeit gram gewesen wäre.

So beendete ich meine Suche, da es auch schon langsam dunkel zu werden begann. Ich mußte jetzt unbedingt zurück nach

Rüdesheim, um den Behörden von dem Unglücksfall zu berichten.

Eines nur störte mich noch. Ich konnte mir nur schwer vorstellen, daß einer, der hinterrücks von der Mauer fiel und sofort tot oder doch ohnmächtig war und noch in der Ohnmacht starb - und davon mußte ich ausgehen, so sehr war der Schädel zertümmert - so zu liegen kam, wie Jakob Sand da lag, und im Tode die Augen geschlossen hatte. Ich hatte nur immer davon gehört, daß man Toten die Augen schließen müsse. Ich konnte mir aber auch keinen Mörder vorstellen, der die Leiche des Gemordeten im Liegen so ordnen würde, daß Lage und geschlossene Augen auf einen Mord hindeuten müßten, indem sie erkennen ließen, daß einer noch nach dem Tode des Gemordeten an der Leiche hantiert hatte. Er mußte schließlich besonders daran interessiert sein, daß sein Mord nach einem Unfall aussähe. Wenn nach dem Tode noch jemand die Leiche bewegt hatte, war es sicher nicht der Mörder gewesen. Wahrscheinlich war es Zufall, daß er so lag, und wahrscheinlich auch hatte er beim Sturz vor Schreck die Augen geschlossen. Wenn einer nach dem Tode noch die Leiche bewegt hatte, so war das, dessen war ich mir sicher, kein Hinweis auf einen Mord.

Auf dem Rückwege nach Rüdesheim fand ich die Weinberge leer, nur unten auf dem Fahrweg am Rheinufer sah ich eine Kutsche nach Rüdesheim hin fahren. Ich konnte sie in der beginnenden Dämmerung nicht mehr so gut erkennen. Es schien mir aber die Kutsche des reichen Eiderhoff zu sein, der nach dem Tode des Barons Freiholz dessen Anwesen in Geisenheim gekauft hat. Einen Teil des Anwesens soll er nach schwierigen Erbauseinandersetzungen, über die ich nur unvollständig unterrichtet bin, sogar geerbt haben. Jetzt hatte er wohl die Absicht, ein Gut in meinem Heimatdorf Martinsthal zu kaufen. Ich hatte davon gehört, daß er den Besitzer des Gutes unter Druck zu setzen versuche, da dieser nicht gutwillig verkaufen wolle.

Neidisch sah ich die Kutsche dort fahren; denn ich hätte mich gern in den Polstern dort zurückgelehnt, die Augen geschlossen und alles vergessen, was ich in der Ruine gesehen hatte. Ich kannte diese Kutsche gut, denn Eiderhoff benutzte sie oft, wenn er eine größere Strecke zurücklegen mußte. Diesmal kam er offenbar von einer Reise zurück, die ihn ein gutes Stück rheinabwärts geführt hatte.
Ich war müde und traurig.
Wenn auch der Jakob Sand kein enger Freund gewesen war, so war er mir doch seit langen Jahren vertraut, und wir hatten bei freundlichen Gesprächen schon manches Glas Riesling zusammen geleert.
Wir hören so oft vom Tode, ohne daß es uns anrührt. Doch wenn der Tod ein Stück aus unserem eigenen Leben wegbricht, wenn es auch nur an einer wenig beachteten Stelle lag, entsteht eine Leere, die sich ausbreitet und für Tage einen kalten Schatten auf alle Dinge wirft. Ich fühlte mich wie auf einem leergefegten Hof, auf dem der graue Herbstwind ein totes Blatt bewegt.
Im Weitergehen kam mir wieder das Bild des tot Daliegenden in den Sinn, ich wurde unruhig. Gleich einem nachtdunklen Vogel verfolgte mich jetzt der Gedanke, ich könnte etwas übersehen haben. Es könnte doch nicht mit rechten Dingen zugegangen sein. Aber kann man bei einem Unfall überhaupt davon sprechen, daß es mit rechten Dingen zugegangen sei?
Mehrmals blieb ich stehen, von meiner Unruhe verlockt, zurückzugehen.
Je mehr aber die Entfernung zum Unfallort zunahm, desto schwächer wurde diese Verlockung. Mein Weg lief über den steil zum Rhein abfallenden Weinbergen an einer Stützmauer entlang und bog bald in östliche Richtung auf Rüdesheim zu. An der Biegung blieb ich stehen. Von hier aus konnte ich die Burgruine zum letzten Mal sehen, wie sie aufrecht auf dem Felsen stand, und den Berg, der über ihr in vielen kleinen Terrassen, hinter Stützmauern übereinander getürmt, zum Wald empor stieg. Unter mir, fast direkt zu meinen Füßen,

sah ich den Rhein, von Kähnen und Lastschiffen noch spät belebt an diesem warmen Sonnentag. Ich sah Bingen und ein gutes Stück noch hinauf ins Nahetal und stand so gleichsam am Rande des Lebens; denn um mich her war Einsamkeit, und ich dachte, wie man hier so einsam sein könne und doch so nah dem Getriebe der Menschen.
Die dunklen Türme der Burg waren wie eine Drohung.
Nein, ich wollte nicht umkehren. Ich wollte weitergehen und im Gehen versuchen, meine Gedanken neu zu ordnen.
Was hatte den Jakob Sand auf die Burgruine geführt?
Warum hatte er mich gebeten, ihn dort zu treffen, und warum war ich dann zu spät gekommen?

Um die Mittagszeit hatte ich ihn getroffen in der Nähe des Adlerturms in Rüdesheim, kräftig ausschreitend am Rheinufer in Richtung Brömserburg. Wenn man sich so unversehens trifft, ist es mit einem kurzen Gruß nicht getan, dann muß man schon ein wenig verweilen und über die letzten Neuigkeiten reden. Er hatte versucht, mich geheimnisvoll anzusehen, soweit es ihm mit seinen offenen Zügen möglich war, und gemeint, es interessiere mich sicher, zu erfahren, wohin er gehen wolle.
Er sei auf dem Weg zur Ruine Ehrenfels, um dort sein Glück zu finden. Ich hatte sogleich an ein Liebesabenteuer in der Burgruine gedacht, verschwiegen und romantisch unter der Linde im Burghof, ein Stelldichein für Romantiker und Träumer.
Aber Jakob war nicht romantisch. Er hatte mir erklärt, er wolle dort etwas erkunden. Schon lange habe er das vorgehabt. Heute habe er einen freien Tag, da könne er in der Burg ein wenig nachforschen.
Was es in dem alten Gemäuer denn zu forschen gäbe, hatte ich gefragt.
Ich solle ihn nicht auslachen, war die Antwort. Er sei auf der Suche nach einem Schatz. Da ich ihn sehr verblüfft und auch ein wenig ungläubig angesehen hatte, hatte er mir nach der

Art einfacher Leute die Gründe für sein Vorhaben umständlich auseinandergesetzt.

„Wie du weißt, ist es meine Aufgabe als Schrötermeister, dafür zu sorgen, daß beim Schroten der Fässer alles nach der rechten Ordnung vor sich geht. Vor ein paar Wochen sollten wir einige Fässer aus dem Keller der Brentanos holen. Wir machen das gerne, weil es da immer einen guten Riesling gibt. Wir hatten die Fässer schon zusätzlich mit Holzreifen gesichert, die Schrotleitern, die, wie du weißt, aus zwei Balken bestehen, über die die Fässer geschoben werden können, die Schrotleitern also hatten wir gut eingefettet, damit die Fässer besser rutschen sollten. Ich achte immer besonders darauf, daß die Balken der Schrotleitern glatt und nicht so sparsam eingefettet sind; denn nur, wenn man die Balken gut mit Fett einschmiert, kann man das Faß leicht durch den schmalen Kellergang führen. Wir hatten also die Balken eingefettet und auch schon die Winde an der Kellertür aufgestellt, mit der wir an zwei Seilen die Fässer über eine lange Schrotleiter die Kellertreppe hinaufziehen. Eines der Fässer hatten wir schon bis an die Kellertreppe geschoben.

Ich muß dabei darauf achten, daß keiner schreit oder gotteslästerlich flucht; denn das ist verboten. Wer flucht, der muß bei uns Strafe bezahlen. Im Keller darf nicht geflucht werden. Was wollte ich sagen?

Ach so, also wir hatten unsere Arbeit ein wenig unterbrochen für ein gutes Frühstück. Die anderen waren schon wieder in den Keller hinuntergegangen und warteten dort auf mich. Da hörte ich den Clemens Brentano, den Studenten, der gerade zu Besuch in Winkel weilte, der die wilde Frisur hat, weil er sich beim vielen Denken immer die Haare rauft. Der saß da die ganze Zeit über unter der Linde und hatte einen Haufen Bücher um sich herum aufgetürmt. Seine kleine Schwester, die Bettina, die goldisch Krott, ließ ihm keine Ruhe, so wie sie auch uns immer im Weg ist und erzählt und fragt und auf die Winde turnt und über die glatten Leitern rutscht, die Kellertreppe hinunter. Diesmal hatte sie uns verschont und plagte ihren Bruder. Während des Frühstücks hatte ich nicht auf die beiden geachtet. Jetzt aber hörte ich, daß er ihr von Rittern und Burgen erzählte und auch von der Burg Ehrenfels, von den riesigen Kellergewölben im Bauch des Felsens, so sagte er. Ich hörte, wie er auch von Schätzen sprach, die dort aufgehäuft sein sollen, Wein, noch aus der Zeit des großen Krieges, mehr als hundert Jahre alt, in Fässern und Krügen. Der schmecke immer noch wunderbar. Die Franzosen, die die Burg im Jahre 1689 - ich habe mir das gemerkt - zerstört hätten, hätten vergeblich nach den Kellern gesucht, diese aber nicht gefunden.

Später habe ein Offizier, der eine Wanderung zur Ehrenfels gemacht habe, einen Zugang zum Keller entdeckt und sei hinabgestiegen. Der habe von den Wundern des Kellers berichtet. Er habe auch von dem Wein getrunken, aber so viel, daß er nur noch mit Mühe zurückgefunden habe und den Zugang zum Keller später nicht mehr habe erkennen können. Die kleine Bettina interessierte sich nicht mehr für die Geschichte. Sie hatte wohl von Kellergespenstern und Goldschätzen hören wollen und war schon weggelaufen. Seine letzten Worte hatte er an mich gerichtet und mich mit seinen Feueraugen angesehen, ganz starr, und gesagt, einem Weinschröter sollte es leicht fallen, diesen Eingang wieder zu finden. Wenn das überhaupt einer könnte, dann am ehesten ein kellererfahrener Weinschröter. Ja, kellererfahren hat er gesagt. Auch das habe ich mir gemerkt. Da riefen mich die anderen, in den Keller zu kommen. Anderntags war er weg. Er hatte seinen Besuch beendet.

Seit dieser Zeit aber denke ich an die Weinschätze im Keller der Ehrenfels. Er hat mich so ernsthaft angeschaut, der Clemens, und er hatte da so viele Bücher, aus denen er das alles herausgelesen hat, daß ich meine, es wird schon so sein, wie er gesagt hat. Die Leute, die die Bücher geschrieben haben, die müssen etwas wissen, sonst könnten sie die Bücher doch gar nicht schreiben. Es wird also schon stimmen, was in den Büchern steht. Nur um anderen etwas vorzulügen,

braucht man doch keine Bücher zu schreiben. Das kann man leichter einfach so. Das habe ich gedacht, und heute will ich einmal nachsehen auf der Ehrenfels. Der Clemens hat sicher recht, wenn er sagt, ein Weinschröter sei der richtige Mann, einen Kellereingang, der verloren gegangen ist, wieder aufzufinden."
Dann hatte Jakob innegehalten und überlegt und schließlich gefragt, ob ich nicht mitkommen wolle.
Ich sei doch so etwas wie ein Fachmann für Entdeckungen, seit ich die Spätlese entdeckt hätte. Überall sei ich nur noch als Karl, der Spätlesereiter, bekannt.
Ein Forscher sei ich auch, da ich sogar ein Institut für Traubenforschung hätte. Er habe mal gehört, ein Forscher sei einer, der das Unwahrscheinliche für möglich hielte. Da sei ich für ihn der richtige Mann.
Schade nur, daß der gute Hund Grandpatte mit seiner vortrefflichen Rieslingnase nicht bei mir sei, der hätte sich sicher gerne an einer Expedition zur Ehrenfels beteiligt.
Ja, schade, den Grandpatte hatte ich im Kloster Johannisberg bei meinem Freund, dem Kellermeister Pater Anselm, zurückgelassen. Er liebte zuweilen das beschauliche Leben in Pater Anselms Studierstube, zumal die Mönche einen guten Riesling hatten und dem freundlichen Hunde so manchen Leckerbissen von ihrem Tische reichten.
Vielleicht wäre alles anders verlaufen, wenn er dagewesen wäre. Er wäre sicher mit Jakob vorausgegangen.
Ich hatte ein wenig gezögert, mich auf eine so seltsame Kellersuche einzulassen, hatte aber dann zugesagt, nachzukommen, da ich Jakobs gutmütigen Bitten nicht widerstehen konnte und auch selbst ganz gerne die Gelegenheit wahrnahm, wieder einmal durch die Rüdesheimer Weinberge zu gehen und dann noch ein wenig in der alten Ruine herumzustöbern. Ich hatte nur nicht unmittelbar mit ihm gehen können, da ich mit einem Rüdesheimer Winzer noch über neue Möglichkeiten des Rebschnitts hatte verhandeln wollen. So hatte ich den Jakob gebeten, einstweilen vorauszugehen, da

ich in Rüdesheim noch etwas verweilen müsse. Ich werde aber sogleich nachkommen, wenn meine Geschäfte erledigt seien.

'Sogleich nachkommen' hatte ich gesagt, wie schlecht aber war es mir gelungen, dieses Versprechen einzuhalten. Es war, als ob sich alle gegen mich verschworen hätten.

Der Winzer, mit dem ich in Rüdesheim hatte reden wollen, hatte sich verspätet. So ging ich schon gleich später aus Rüdesheim hinaus, als ich vorgehabt hatte.

Als ich dann, wacker ausschreitend, endlich an die Weinberge gekommen war, begegnete mir Peter Schmidt, der für die kurfürstliche hochpreisliche Hofkammer in Mainz die Weinberge im unteren Rheingau verwaltet. Er verwickelte mich in ein langes Gespräch über die Vorzüge der Orleanstraube, in dem er hauptsächlich selbst sprach, und stellte dann Erwägungen darüber an, ob es nicht doch besser sei, die Orleanstrauben, die eigentlich nur noch im Rüdesheimer Berg zu finden seien, durch die „kleinen gewürzhaften Rieslingtrauben" zu ersetzen, mit denen die meisten Weinberge des Rheingaus jetzt bepflanzt seien. Ich wußte nicht recht, worauf er hinaus wollte, und begnügte mich, da ich das Gespräch bald beenden wollte, seinen Gesichtsausdruck beobachtend, mal zu zögern, mal ja und mal nein zu sagen, je nachdem, welche Reaktion mir seine Miene zu heischen schien.

Das hatte nun aber keineswegs zu einer Verkürzung des Gespräches geführt. Da er sich von mir wunderbar verstanden fühlte, hatte der gute Amtskeller vielmehr angefangen, von seinen Schwierigkeiten mit der hochpreislichen Hofkammer - wie er sie mit bitterer Miene nannte - zu sprechen. Wie schwer es sei, dort Verständnis und Unterstützung zu erlangen. Er habe immer zu wenig Leute und könne den Aufgaben, die man ihm stelle, kaum gerecht werden. Gelobt werde er nie. Wenn aber die Erträge einmal nur kümmerlich seien, wie doch schon in Anbetracht der unruhigen Revolutions- und Kriegszeit zu erwarten sei, dann werde dort ein großes Geschrei erhoben, und ihn sehe man als den

Schuldigen an. Er schreibe immer wieder ausführliche Briefe, um seine Probleme zu erläutern. Hilfe aber werde ihm nicht zuteil.
Nach weiteren Ausführungen, diesmal über die Schwierigkeiten, den rechten Zeitpunkt für die Traubenlese festzulegen, hatte ich mich endlich entschuldigen können und war weiter geeilt, nur um an der nächsten Biegung des Weges dem Lehrer Helfrich zu begegnen, der an diesem Tage in der Schule wohl nicht genügend Gelegenheit gehabt hatte, sich auszusprechen.
Er hielt mir eine Privatstunde in Heimatkunde und verbreitete sich mit Genuß über Bedeutung und Geschichte der Burg Ehrenfels. Wann sie seiner Meinung nach erbaut worden sei, nämlich viel früher schon, als man jetzt offiziell annehme. Er könne sich nicht vorstellen, daß man erst zu Anfang des dreizehnten Jahrhunderts auf die Idee gekommen sei, dort eine Burg zu errichten, da sich der Felsen doch geradezu selbst für den Bau einer Befestigung anböte, wenn auch, das müsse man einräumen, der Berg hinter dem Felsen noch weiter ansteige, was einer Verteidigung gegen die Rheingauberge hin nicht zuträglich sei.
Als ich nun versucht hatte, dieses Gespräch schneller zu beenden, vielleicht etwas zu hastig einwendend, es sei wohl heute nicht mehr von so großer Bedeutung, wann genau der Grundstein zu einer Burg gelegt worden sei, die nur noch als Ruine dastehe, da hatte er erst richtig angehoben mit seiner Rede und hatte mir erklärt, wie wichtig es sei, die Daten der Vergangenheit genau zu erkennen. Wenn man schon aus der Vergangenheit lernen wolle - und schließlich sei es das vornehmste Ziel der Menschheit, aus den früheren Erfahrungen zu lernen, um so endlich wieder in ein Paradies einzutreten - dann müsse man die Vergangenheit in all' ihren Daten genau erkennen. Wie solle man aus Ungenauem Genaues ableiten können?
Nur Genaues aber sei brauchbar, da Ungenaues immer vielerlei Deutung zulasse, so daß es beim Lernen aus der

Geschichte zum Streit komme, der jedweden Wohlbefinden stiftenden Ertrag des Lernens unterbinde. Deshalb habe ja auch die Menschheit bisher aus ihrer Vergangenheit nichts gelernt, obwohl doch gerade die Möglichkeit, eine so weitreichende, bewußte Vergangenheit zu haben, den Menschen vom Tier unterscheide.

Genauigkeit sei also die erste Pflicht eines Historikers und Lehrers der Geschichte.

Ich hatte bald erkannt, daß ich ohne Widerworte früher entlassen werde, und hatte den Lobpreis der Genauigkeit still über mich ergehen lassen.

Unweit der letzten Kehre, von der aus ich die Ruine schon hätte sehen können, war mir dann noch der hagere Herwald aus Oestrich entgegen gekommen. Er besuchte gelegentlich einen Weinberg, den er von seiner Mutter, einer Winzerstochter aus Rüdesheim, geerbt hatte. Meistens ließ er sein Pferd in Rüdesheim zurück in der Obhut eines Schwagers, der auch den Weinberg versorgte. Er hatte wieder sein Perspektiv dabei. Halb ausgezogen war es mittels einer festen Schnur an seiner Schulter befestigt. Ungewohnt war uns der Anblick eines Mannes, der mit einem Rohr die Ferne studierte, und so glaubten viele, wenn sie zum ersten Mal von weitem sahen, wie er durch sein Perspektiv schaute, er versuche vergeblich, einem Blasinstrument Töne zu entlocken. Das Perspektiv hatte er erlangt, als die Franzosen bei einem hastigen Aufbruch aus Rüdesheim einen Teil ihres Gepäcks zurück lassen mußten. Bei diesem Gepäck war auch das Fernrohr eines Artillerieobersten gewesen.

„Ich habe gesehen, daß du mit dem Amtskeller gesprochen hast."

So hatte er mir schon von weitem zugerufen. „Auch bei dem Schulmeister bist du stehen geblieben, dem jugendlichen Verderber der Kinder, der sie tanzen lehrt und Schauspiele und Wettkämpfe mit ihnen übt, obwohl er doch wissen müßte, daß der große Weise, Tertullianus, bewiesen hat, wie verderblich es ist für einen Christenmenschen, solchem

Götzendienst zu frönen. Aus dem Götzendienst sind Schauspiel, Tanz und Wettkämpfe entstanden."
Wie hätte ich ihm ausweichen können?
Man kann in den Weinbergen nicht einfach an einem vorbeigehen, den man gut kennt, vor allem dann nicht, wenn man ihn schon längere Zeit nicht mehr gesehen hat und nun unvermittelt trifft. Der Herwald allerdings war bekannt für seine seltsamen Ideen, die er gerne jedem mitteilte. Er wurde böse, wenn man ihm nicht zuhörte, und sprach viel und eindringlich und sprach noch weiter im Auseinandergehen, die Lautstärke seiner Rede mit zunehmender Entfernung steigernd.
„Sieh hier, mein unschuldiges Rohr. Ich brauche es in dieser Zeit der Kämpfe und Überfälle, um mich vorzusehen. Es genügt ja nicht, das Unheil zu sehen, wenn es um die nächste Ecke kommt, man muß es früher sehen, noch vor der übernächsten Ecke, wenn es im Entstehen begriffen ist. Ich muß die Franzosen beobachten, bevor sie in Bingen das Schiff besteigen, um uns hier heimzusuchen. Dann habe ich Zeit, mich vorzubereiten. Aber wie wird bei diesem Schauen mein Rohr entweiht durch Unmoral und Tücke, Unzucht und Ehebruch, mein Rohr, das ich nahm, um die klare Heiligkeit der Sterne zu schauen. Wenn meine Frau sich auch ziert, in der Nacht hindurch zu schauen, weil sie fürchtet, der Mann im Mond könnte gerade ..."

Man sollte nicht glauben, daß der Herwald ein fleißiger und kluger Winzer ist und ein schlauer Kaufmann dazu, wenn man ihn so reden hört. Manchmal denke ich, er pflegte das spinnige Gehabe, um von seiner Schläue abzulenken. So schreiben viele seinen Erfolg bei Geschäften dem Glück des Toren zu und merken nicht, wie scharf sein Verstand arbeitet, wenn es um Zahlen geht.
In geringer Entfernung von der Ruine hatte ich dann noch die Kräuterthea, Dorothea Christ, getroffen. Sie war langsam eine Weinbergszeile hinaufgestiegen und hatte sich bei meinem

Gruß kaum nach mir umgedreht. Sie wenigstens hatte mich nicht aufgehalten. Ich hatte ihr ein paar freundliche Worte nachgerufen. Da hatte sie Blumen und Kräuter geschwenkt und etwas zurückgerufen, was so klang wie: „Kräuter gibt es nicht für alle Wunden."

Es war mir seltsam vorgekommen, daß sie mir so ausgewichen war; denn sonst war sie eigentlich immer stehen geblieben, wenn ich kam, und hatte mit mir gesprochen und ihre Kräuter erklärt, Aussehen, Name und Wirkung, zuletzt den Löwenzahn, der so wenig geschätzt werde, weil er so häufig sei und so häufig im Wege sei, der aber für die Gesundheit so zuträglich sei wie nicht leicht ein anderes Kraut. Sie hatte mir die Blätter gezeigt und war mit ihrem dünnen Zeigefinger am Blattrand entlang gefahren und hatte mich darauf hingewiesen, wie sehr die Zacken des Blattrandes Löwenzähnen ähneln, so sehr, daß auch die Franzosen „dent de lion" und die Engländer „dandelion" sagen. Sie war eine seltsame Frau, von den meisten gemieden. Sie kamen aber doch alle zu ihr, wenn sie in Not waren und einen Heiltrank brauchten. Sie lebte einsam in einem kleinen Haus am Waldrand und kam nur selten nach Rüdesheim. Ihr Mann, der schon vor mehreren Jahren gestorben war, hatte ihr wohl so viel hinterlassen, daß sie davon leben konnte, ohne arbeiten zu müssen. Genaues aber wußte niemand. Ich unterhielt mich gern mit ihr, wenn ich sie einmal, was selten vorkam, in den Weinbergen traf.
Pater Anselm war dann immer sehr interessiert zu erfahren, was sie mir Neues über die Heilkräfte der Kräuter gesagt hatte.
Merkwürdig war es, daß sie weggegangen war, ganz gegen ihre Gewohnheit. Es sah fast so aus, als ob sie mich hätte meiden oder vor irgend etwas hätte fliehen wollen.

So hatte ich gedacht, aber diesen Gedanken bald verloren, als ich den Jakob Sand tot im Burghof fand.

Jetzt dachte ich wieder daran und auch daran, wie mich alle aufgehalten hatten, als ob sie meinen Gang zur Ruine hätten verzögern wollen.
Es war, als ob sie etwas gewußt hätten.
Das konnte aber doch nicht sein!
Schließlich waren sie auch zu verschieden, als daß sie sich zu einer Verschwörung hätten zusammenfinden können.
Die Kräuterthea hatte bestimmt nichts damit zu tun. Sie hatte mich ja auch nicht aufgehalten. Die Reden der anderen waren ganz natürlich gewesen, so wie sie jeder, der die drei kannte, ungefähr erwartet hätte. Aber wären die Reden nicht auch so gewesen, wenn sie sich verschworen hätten? Waren die Reden so unauffällig? Herwald hatte von Tücke gesprochen, die er durch sein Rohr gesehen habe.
Aber das war sicher alles Unsinn, eine Verschwörung hätte doch nur Sinn gehabt, wenn in der Ruine ein Verbrechen ausgeführt worden wäre. Das aber war, wie ich mich überzeugt hatte, nicht der Fall.

In Rüdesheim ging ich direkt zum Rathaus und fand den Schultheißen noch in seinem von mehreren Kerzen angenehm erleuchteten Amtszimmer.
Eine geordnete Unordnung waltet, wenn der erste Blick aufregende, schöpferische Unordnung verheißt, aber der zweite schon zeigt, daß die Fülle der Akten und Papiere auf dem Schreibtisch mehr getürmt als gehäuft und einem systematischen Geiste untertan ist. Der Schultheiß saß, wohlgedeckt von Aktentürmen, Briefstapeln, Schachteln und Papieren hinter seinem riesigen Schreibtisch. Er wurde eigentlich nicht viel größer, wenn er aufstand. Er mußte an den Aktentürmen vorbei oder zwischen den Türmen hindurch schauen, um seinen Besucher richtig sehen zu können. Man mußte still sitzen, wollte man ihn nicht zwingen, hinter seinen Papieren hin und her zu wuseln. Das dachte ich, bis ich merkte, daß diese Berge und Türme wohlbedacht waren. Er wollte seinen Besucher gar nicht ständig im Auge behalten, sondern wußte es mit viel

Geschick so einzurichten, daß er bei entscheidenden Wendungen des Gespräches plötzlich durch eine der Lücken schaute. Der Besucher konnte sich weder sicher sein, wann er hinter einer Lücke, noch hinter welcher Lücke er auftauchen werde. Ein ehrgeiziger Mann war er, dieser Schultheiß. Er sah aus seinen Augen heraus, als wolle er alles, was er wahrnehmen konnte, nach seinem Willen zwingen. Auf seiner Oberlippe trug er ein Bärtchen. Vielleicht sollte das kleine Haargesträuch von den bezwingenden Fenstern darüber ein wenig ablenken.
Ich meldete ihm den Unfall und schilderte die Umstände.
„Da bin ich aber froh, daß es nicht wieder ein Mord ist, der dir untergekommen ist, sondern nur ein schlichter Unfall. In unseren unruhigen Zeiten, in denen wir ständig mit Überfällen durch die Franzosen und Schereeien mit unseren Beschützern rechnen müssen, gibt es so viele, durch fremde Schuld umgekommene beklagenswerte Tote, die ich registrieren, und Verletzte, um die ich mich kümmern muß, daß ich keine Zeit übrig habe für Leute, die durch eigene Torheit umgekommen sind. Jeder, der hier lebt, weiß schließlich, daß die Ruine gefährlich ist, und an der Stelle, die du mir genannt hast, sind wir selbst als Buben nicht herum gestiegen. Wahrscheinlich hatte er einen Rausch, als er auf die Mauer stieg."
„Einen Rausch hatte er ganz sicher nicht", wagte ich einzuwenden, „das hätte ich gemerkt!"
Da schlüpfte er fast durch eine Aktenlücke und rief, woher ich wissen wolle, daß er nicht unterwegs, nachdem er mich getroffen habe, noch etwas getrunken hätte. Wein finde man hier doch allerwege, und Durst habe der Jakob Sand immer gehabt.
Ich ging nicht darauf ein, sondern sagte, ich frage mich nun, ob ich bei der Betrachtung der Leiche und des Ortes, an dem ich sie gefunden habe, nicht doch etwas übersehen habe.
Da zog er die Brauen zusammen, als ob er nachdenken müsse, und fragte, ob ich vielleicht dächte, einem nüchternen Jakob

Sand könne so etwas einfach nicht passieren, und deshalb müsse da etwas nicht mit rechten Dingen zugegangen sein?
Ob ich nicht vielleicht ein paar Soldaten gesehen hätte? Die hätten ihn auf die Mauer hinauftragen und dann von der höchsten Stelle hinunter werfen können, und Soldaten seien im Überfluß vorhanden: Französische, preußische, österreichische?
Schließlich sagte er, nun mit erhobener Stimme, ob ich in den Unfall nun doch noch einen Mord hineingeheimnissen wolle? Er hielt inne und verschwand hinter einem Aktenstapel.
Nach einer kleinen Weile des Schweigens fuhr er von dort aus sehr freundlich fort: Ich solle mir keine Sorgen machen. Er werde einen kleinen Trupp zusammenstellen, der sofort zur Ruine aufbrechen werde, um die Leiche zu holen. Das seien alles erfahrene Männer, geübt in der Untersuchung von Verbrechen. Sie würden Windlichter mitnehmen und Laternen und würden an der Stelle des Unfalls mit gesicherter Routine alle notwendigen Untersuchungen durchführen und sicher zu dem Ergebnis kommen, daß da ein ganz schlichter Unfall vorliege. Ich hätte mich sicher zu sehr aufgeregt. Er sei mir dankbar, daß ich so umsichtig gehandelt und den Unfall so schnell gemeldet habe. Nun aber sei er für alle weiteren Maßnahmen verantwortlich, und ich könne getrost nach Hause gehen und mich zur Ruhe legen wie alle Bürger, die eingedenk der Fürsorge der Obrigkeit ruhig schliefen, um Kraft für den nächsten Tag zu gewinnen.

Auf dem Heimweg dachte ich darüber nach, wie gleich doch die Schultheißen seien, wenn sie auch oft verschieden erschienen.
Gesicherte Routine, dachte ich, möge ja Vorteile haben, wenn man aber ein Verbrechen aufdecken wolle, genüge nicht die Routine, da müsse die Phantasie gefragt werden. Routine bildet sich in der Übung des gleichen Verhaltens bei der Untersuchung von Verbrechen, die schon geschehen sind. Sie mag genügen, um Verbrechen aufzuklären, die von den frühe-

ren nicht abweichen. Was aber, wenn der Verbrecher Phantasie eingesetzt und sich ein neuartiges Verbrechen ausgedacht hat, oder auch nur ein Verbrechen, an dem ein Umstand ganz neuartig ist? Wie soll sich dieses Verbrechen im Netz der Routine fangen, dessen Maschen doch für anderes geknüpft sind?

Ich überlegte, wie die Routine wohl aussehen könnte, und da fiel mir ein, daß ich tatsächlich etwas versäumt hatte. Ich hatte den Leichnam nicht umgedreht. Ich hatte den blutigen Schädel gesehen und gedacht, diese Wunde, die den Tod herbeigeführt hatte, sei genug. Es bedürfe keiner weiteren Wunden. Ich hatte nicht daran gedacht, daß eine weitere Wunde mich zu ganz anderen Schlüssen hinsichtlich des Unfalls hätte führen können. Wenn etwa im Rücken eine Schußwunde gewesen wäre, dann hätte man daraus schließen können, der Jakob Sand hätte, vor einem Verfolger fliehend, versucht, die Mauer zu erklimmen, und wäre, durch die Schußwunde verletzt und erschreckt, herabgefallen, dabei den Holunderstrauch mit sich reißend. Nun kam mir die Routine doch nicht mehr so sinnlos und vielleicht sogar hinderlich vor. Wenn man nach einer bestimmten gesicherten Routine vorging, war man wenigstens nicht in Gefahr, die einfachsten Maßnahmen zu unterlassen, und man wußte auch immer genau, was man getan hatte, da man ja immer das gleiche tat. Mir fiel es jetzt schon schwer, meine Gedanken alle zu überschauen.

Ein Mann und ein Hund vermögen wenig gegen einen Trupp plündernder Soldaten. So mag denken, wer mit den Verhältnissen hier nicht vertraut ist. Ein Mann und ein Hund vermögen viel gegen einen Trupp plündernder Soldaten, wenn es ihnen gelingt, einen Offizier herbeizuholen, denn die Offiziere, ob sie nun Preußen oder Franzosen sind, versuchen, ihre Leute am Plündern zu hindern. So hatte ich, als ich nach Rüdesheim gegangen war, meinen Freund Oskar und

den guten Hund Grandpatte, einen Grand Bleu de Gascogne, im Institut für Traubenkunde als Wachen zurückgelassen; denn in den letzten Tagen war davon gesprochen worden, Soldaten aus Hessen-Darmstadt, die in Winkel lagen, sollten nach Rüdesheim verlegt werden. Ihr Weg hätte an meinem Institut vorüber geführt, und wenn sie so unterwegs waren, waren sie am ehesten geneigt, was ihnen brauchbar erschien, mitzunehmen. Als brauchbar befanden sie aber vor allem Wein. An solchen Tagen schien mir mein Institut daher besonders gefährdet.
Ich hatte die Wachen umsonst aufgestellt. Wie mir Oskar berichtete, waren die Soldaten in Winkel geblieben und sollten dort auch für die nächste Zeit bleiben. Grandpatte schlief schon. Er öffnete nur ein Auge ganz wenig, um es gleich wieder zu schließen. Eine Regung seines Schweifes war kaum wahrzunehmen. Ich glaube, er war beleidigt, weil ich so spät nach Hause gekomen war und ihn zu einer so langwierigen und deshalb wohl auch interessanten Unternehmung nicht mitgenommen hatte. Ich berichtete nichts über meine Entdeckung in der Ruine. Oskar, der den Jakob Sand gut gekannt hatte, hätte mir zu viele Fragen gestellt.
Ich wollte meine Ruhe haben.

Lange konnte ich an diesem Abend nicht einschlafen. Am Tage war es sehr warm gewesen. Ich hatte daher die Fenster weit geöffnet, und wenn ich schräg zur oberen rechten Fensterkante blickte, konnte ich den Mond sehen, der schon fast so rund war wie mein Freund Oskar und durch die schwarzen Wolken steuerte, ohne die Fensterecke zu verlassen. Die Leute, die ich am Tag gesehen hatte, kamen an mein Bett, sie saßen zwischen den Kissen, viel kleiner als in Wirklichkeit, und schienen doch wirklich und redeten zu mir, der Schultheiß und der Amtskeller und Herwald, alle in bräunlich roter, aber wie von innen beleuchteter Kleidung, und immer, wenn ich mich mühte, sie zu verstehen, wachte ich auf.

Da ging ich den ganzen Weg zurück zur Ruine, mal im Mondschein, mal verlassen vom Monde unter den Wolken, und sah den Weg immer gleich gut, er leuchtete förmlich vor meinen Füßen und lockte mich weiter, obwohl ich doch wußte, daß ich auf der Ehrenfels nichts mehr vorfinden würde. Die Leute des Schultheißen hätten längst alles in eine beruhigende Ordnung gebracht.

Doch als ich in den kleinen Hof trat, waren sie noch gar nicht angekommen, denn die Leiche des Jakob Sand lag noch genauso da, wie ich sie verlassen hatte. Sie lag im Mondlicht. Ich gedachte sogleich nachzuholen, was ich versäumt hatte. Ich ging zu ihm hin und versuchte, ihn umzudrehen. Lange mühte ich mich vergeblich, bis es mir plötzlich gelang. Aber ich hatte den Eindruck, er hätte selbst mitgeholfen und in dem Augenblick, in dem er sich drehte, sah ich, ich sah es ganz deutlich, auf seinem Rücken war keine Wunde. Da stand er auch schon vor mir, wischte sich über den Hinterkopf und sagte: „Das wird sicher eine dicke Beule geben!" Ganz deutlich hörte ich ihn das sagen. Dann meinte er, es sei jetzt an der Zeit, auf die Mauer zu klettern und Umschau zu halten, denn von dort oben könne man am besten einen Kellereingang erkennen. Schon war er leichtfüßig die Mauer hinaufgeklettert und reichte mir von oben die Hand, um auch mir hinaufzuhelfen. Ich zögerte noch, aber die Käuterthea, die offenbar hinter mir in den Hof getreten war, ermunterte mich und sagte, ich solle ihm den Willen tun, dann könnte ich alles erfahren. Sie drängte mich gegen die Mauer, und ich merkte kaum, wie ich nach oben stieg, fast als ob ich hinaufgetragen würde. Der Ausblick von oben war seltsam. Weit unter mir sah ich die Kräuterfrau, die mir noch etwas zurief, das ich aber nicht verstehen konnte. Jakob saß vor mir und ließ die Beine über die Mauer baumeln. Er summte ein Lied und brummte etwas von einem Goldschatz und einem Weinschatz, und dann drehte er sich nach mir um und wollte mir etwas sagen, er öffnete seinen Mund und bewegte die Lippen, und er öffnete seinen Mund noch weiter, wie einer,

der nach Luft schnappt, und ich sah seine Anstrengung und sah Verzweiflung in seinen Augen und hörte nichts. Ich beugte mich zu ihm hin, denn ich stand auf der Mauer, während er saß, und ich schaute ihn an und sah, daß er tot war.
Ich schrie laut auf.
Oskar und Grandpatte brachen in mein Zimmer.
Da erzählte ich, was ich am Tage erlebt hatte.
Oskar meinte, wir sollten am nächsten Tage schon nach Johannisberg gehen, um mit Pater Anselm weitere Schritte zu beraten. Er nahm gleich an, daß es sich wieder um einen Mord handele. Ich sagte, ich hätte keine Anhaltspunkte für einen Mord gefunden. Da lächelte er verschmitzt und meinte, das müsse doch auch ein törichter Mörder sein, der die Anhaltspunkte so verstreue, daß man sie gleich finden könne.

II

Maria hat Besuch

Am nächsten Tag ging ich zuerst zu Maria. Ich hatte den ganzen Vormittag mit Arbeiten im Keller zubringen müssen und konnte mich erst am frühen Nachmittag, aufsteigend aus den düsteren Kellertiefen, lieblicheren Gedanken zuwenden. Maria war nicht zu Hause. Herr Leberlein wies mich in die Weinberge, wo er unweit des Weges nach Johannisberg in einer Einbuchtung im Rebenhang, die eine kleine Ebene bildet, schweren Herzens auf ein paar weitere Weinstöcke verzichtet und statt dessen, Maria zu erfreuen, eine Weinbergshütte errichtet hatte. Mitten in den Rebkulturen hatte Maria dort einen romantischen Ort angelegt, an dem Rosenstöcke und Johannisbeeren Heimatrecht hatten. Die Hütte selbst war nur ein schmales Gehäuse, aus ein paar Balken und Brettern gefertigt, gerade groß genug, Stühle und einen Tisch zu bergen und einige Hacken, Spaten und Heckenscheren und einen Unterschlupf zu bieten, wenn plötzlich ein Regen kam. Dann mußte man die Stühle aufeinander schichten, sich eng aneinander schmiegen, um die Tür richtig schließen zu können. Oft schon hatte ich insgeheim, wenn der Regen uns in den Weinbergen überraschte, der Sparsamkeit meines zukünftigen Schwiegervaters mit Wohlbehagen gedacht.
Bei schönem Wetter konnte man sich auf den Stühlen, von Büschen und Rosen gedeckt, ausruhen oder am Sonntag bei Brot und Wein die Schönheit des Landes genießen, den freien Blick durch die Weinberge und hinüber über den Rhein und einfach vergessen, was dort im Namen der Brüderlichkeit geschah.
Manchmal denke ich, wenn ich dort sitze, der Wein schmecke doch an dem Ort am besten, an dem er gewachsen sei.
Maria war mit ihrer neuen Freundin hierher gegangen. Sie hatte das Mädchen in Oestrich kennen gelernt bei

Verwandten und hatte sie eingeladen, einmal nach Geisenheim zu kommen. Das Mädchen war seit einiger Zeit im Kloster Gottesthal, wo es von seinen Eltern, wohlhabenden Mainzer Kaufleuten, untergebracht war, um dort, fern der Anfechtungen des Stadtlebens und der Kriegsläufte und vielleicht auch einer ganz bestimmten, strahlenäugigen Anfechtung, ein beschauliches Leben zu führen.

Den Eltern war auf verschlungenen Erbschaftswegen einiges Vermögen zugekommen, das sie durch Fleiß und Sparsamkeit zu mehren gewußt hatten und nun auch in arbeitsame, von einem nüchternen Verstand regierte Hände weitergeben wollten.
Ihrer Mutter hatte wohl irgendein kulturbeflissener Mensch, verzweifelt ein Konversationsthema zur Unterhaltung der wichtigen, aber etwas einsilbigen Dame suchend, von Nausikaa, der Tochter des Phäakenkönigs, erzählt, die den vielgewanderten Odysseus so freundlich aufgenommen hatte. Sie hatte wahrscheinlich von allem nur behalten, daß Nausikaa der Name einer Königstochter war, und hatte, unbewußt auf eine zukunftwirkende Kraft des Namens vertrauend, ihre Tochter Nausikaa genannt. Vielleicht wollte sie auch nur die magische Macht über ihre Tochter besitzen, die nach Meinung vieler derjenige ausüben kann, der den Namen gibt, ganz besonders, wenn es ein ungewöhnlicher Name ist. Vielleicht hatte sie auch nur ihren eigenen, unbefriedigt gebliebenen Ehrgeiz auf ihre Tochter übertragen, ohne zu bedenken, daß sie Maier hieß, und Nausikaa Maier doch nicht so ganz den verheißungsvollen Klang hatte, den sie erstrebte, zumindest so lange nicht, solange es der Tochter nicht gelungen war, sich durch kluge Heirat einen passenderen Zunamen zu erwerben. Schon bald nach der Geburt des Kindes hatte sie aber auch damit begonnen, selbst die schönen Aussichten ihrer Tochter zu verderben, indem sie ohne Mühe Kosenamen erfand wie Nausichen und Nausilein, aus denen später, als die Kleine heranwuchs, Nausi wurde.

Da wir indes, wenn etwas Unverständliches gesagt wird, leicht daraus etwas Verständliches hören, hörten die Freunde des Mädchens statt Nausi nur Mausi, und so hieß sie bald allenthalben Mausi und war es zufrieden, so oft die Mutter auch Versuche unternehmen mochte, den herrschaftlichen Namen Nausikaa wieder ins Gespräch zu bringen. Dabei hätte ihre große griechische Nase eigentlich gut zu Nausikaa gepaßt, ebenso wie ihr glänzendes, schwarzes Haar, das sie offen bis über die Schultern trug.
Es war nichts mehr zu retten, und auch ich durfte sie Mausi nennen, ohne damit Maria besonders zu erfreuen, da der Name Nausikaa etwas mehr Distanz geschaffen hätte.
Noch ein zweiter Gast war bei Maria. Er stand hinter einem Stuhl, als sei er gerade aufgestanden, um wieder zu gehen. Ich sah ihn, im Gegenlicht aus der Ferne nur seine Gestalt wahrnehmend, und unwillkürlich kam mir der Gedanke, eine Schildkröte, auf Menschenmaß vergrößert, müsse als ein rechtes Ungeheuer erscheinen, besonders wenn sie auf ihren hinteren Beinen aufrecht stünde.
Kraftvoll stand er da, die Augen nach vorne gerichtet und den breiten Rücken gegen alles wölbend, was hinter ihm lag. Das war einer, der nur nach vorne sah, nur seine Zukunft im Auge hatte. Ein Schaffer war das, der seinen Weg ging und alles, was ihm nicht von Nutzen sein konnte, schnell hinter sich zurückließ.

Wolf Faber hieß er, seit ein paar Monaten war er bei Eiderhoff beschäftigt als Verwalter der Weinberge. Ich hatte ihn schon in den Weinbergen getroffen. Er war ein jüngerer Sohn aus einem Weingut in Winkel, dem dort ältere Brüder den besten Teil des väterlichen Erbes weggenommen hatten. Er machte kein Hehl daraus, daß seine Eltern ihn immer zurückgesetzt und benachteiligt hatten, daß er alles, was er hatte und war, nur sich selbst zu verdanken hatte, daß er sich aus dem Keller der elterlichen Mißachtung ins Licht seiner eigenen Kraft und Geschicklichkeit gekämpft hatte.

Gekämpft hatte er und hatte kämpfen müssen, denn mit seinen ersten Erfolgen waren seine Ziele höher geworden, und mit den höheren Zielen natürlich auch die Widerstände gewachsen.
Jetzt schien er sich von seinen Kämpfen erholen zu wollen, denn er hatte offenbar das Mädchen aus Gottesthal ins Auge gefaßt. Als einzige Tochter eines wohlhabenden Kaufmanns konnte sie ihm wohl ein Stück seines weiteren Aufstiegs ohne Kämpfe ermöglichen oder doch ohne Kämpfe der Art, wie er sie bisher ausgefochten. Nein, ich finde es schlicht falsch, in Verbindung mit Liebe von Kampf zu sprechen.
Also er stand, während die beiden Mädchen saßen. Er schaute Nausikaa an und sprach zu ihr. Maria war anscheinend nur interessierte Zuhörerin. Sie waren so mit ihren Gedanken beschäftigt, daß sie von mir kaum Notiz nahmen, mir nur kurz zunickten und weitersprachen. Ich setzte mich zu Maria, die nach meiner Hand tastete, und hörte zu. Es ging, wie ich bald merkte, um die schwierige Frage, welchen Einfluß das Verhalten der Eltern auf den Lebensweg der Kinder habe. Ob eine Benachteiligung einen anderen Einfluß ausübe als eine besonders ausgeprägte Sorge der Eltern, die einem die Luft zum Atmen nehmen könne, wie das Mädchen bald zornig ausrief. Er beharrte darauf, daß die Benachteiligung und Unterdrückung durch die Eltern einen Menschen entweder zerbreche oder, wenn er denn stark genug sei, sich gegen sie zu wenden, zu besonderen Taten befähige. Sie sah ihn unwillig an und fragte ihn, ob er sich denn nicht vorstellen könne, daß übertriebene Sorge der Eltern auch zur Unterdrückung werden könne, gegen die man sich wehren müsse, wenn man nicht schwach und willenlos und allen Ansinnen des Lebens gegenüber gefügig werden wolle. Da lachte er, gab ihr die Hand und sagte, das müsse er wohl bedenken. Jetzt müsse er zurück, um nach den Arbeitern im Eiderhoffschen Weinberg zu sehen. Wenn man diese nicht ständig im Auge behalte, müsse man gewärtig sein, daß die Arbeit nur langsam voranschreite. Er beugte sich ein wenig und sah ihr in die Augen

und meinte, er werde sich sehr freuen, das Gespräch mit ihr bald fortsetzen zu können, und hatte ihre Hand, während er das alles sagte, in der seinen behalten. Er könne sich vorstellen, daß sich aus den Fehlern, die ihre beiden Eltern begangen hätten, für sie ein Gleichklang der Seelen ergeben könne. Er grüßte uns und ging, nicht ohne sich, ganz gegen seine Natur, noch einmal umzuschauen und zurückzuwinken.
„Gleichklang der Seelen!", murmelte Maria und sah mich an. „Das ist doch etwas anderes. Hier scheint mir viel eher ein gleichklingender Mißklang zu klingen. Wie gespreizt er das sagte, als ob er daraus etwas folgern wollte."
Sie drückte meine Hand fester.
„Man konnte ihm gut zuhören, und manches, was er sagte, habe ich ähnlich erlebt. Das schafft schon eine gewisse Vertrautheit.
Nicht alles, was er sagte.
Manches hat mich auch erschreckt!", sagte Nausikaa.
Dann schaute sie vor sich hin und schwieg.
Maria erzählte mir, es sei wohl dem Eiderhoff gelungen, den Winzer in Martinsthal so in Schwierigkeiten zu bringen, daß dieser gezwungen sei, ihm sein Gut zu verkaufen. Wahrscheinlich hätte er ihm, wie das häufig gemacht werde, als er in Geldnöten gewesen sei, zunächst einen Teil der zukünftigen Ernte abgekauft und dabei einen hohen Zins berechnet. Durch die Schäden, die die Soldaten in den Weinbergen angerichtet hätten, die der Eiderhoff sicher vorausgesehen und einkalkuliert hätte, sei die Ernte schlechter ausgefallen, als der Winzer wohl gehofft hätte. Deshalb habe er auch wiederum einen Teil oder vielleicht die ganze nächste Ernte im voraus verkaufen müssen und so fort, bis der Eiderhoff jetzt in den Besitz der Ernten mehrerer Jahre gelangt sei. Der Winzer könne sich nicht mehr bewegen und müsse verkaufen. Eiderhoff habe dieses zweifelhafte Geschäft über einige Jahre betrieben. Harmlos habe es angefangen, dem Winzer unverdächtig. Als er etwas bemerkt habe, sei es zu spät gewesen.

Der junge Faber, der ihnen davon erzählt habe, habe gemeint, der Winzer hätte kämpfen müssen. Wie er das allerdings hätte tun sollen, habe er nicht gesagt.

Es sei schrecklich für einen Winzer, von Haus und Hof zu müssen, meinte ich. Er müsse sein Gut nicht ganz verlassen, erwiderte Maria. Eiderhoff habe ihm angeboten, weiterhin auf seinem Gut tätig sein zu können. Er könne auf dem Speicher über dem Pferdestall hausen und seiner Arbeit nachgehen wie vorher, nur müsse er ihm gehorchen. Eiderhoff werde das Gut so führen, daß er sein Geld zurück bekomme und noch einiges dazu.

Eiderhoff habe auch wieder geheiratet, ein armes, aber schönes Mädchen, das anders als Lena, seine erste Frau, ihm völlig ergeben sei.

„Das er wie eine Sklavin hält!", rief Nausikaa. „Du sollst die Dinge nicht freundlicher machen als sie sind, Maria! Die Franzosen hätten sich bei ihrer Revolution auch um die Ehen kümmern sollen. In so mancher Ehe gäbe es guten Grund für eine Revolution. Aber daran denken die Revolutionäre natürlich nicht.

Freiheit und Brüderlichkeit - ha, Brüderlichkeit, sie hätten Geschwisterlichkeit sagen sollen, das hätte einen besseren Sinn ergeben!" Sie sprang auf und ging ein Stück in die Weinberge hinein.

Jetzt konnte ich Maria endlich richtig begrüßen und konnte ihr von dem Tode des Jakob Sand erzählen und von meinen Befürchtungen.

Maria hatte den Jakob gut gekannt, da er oft in ihres Vaters Keller gearbeitet hatte. „Gut gearbeitet!", sagte sie, "ich kann mir keinen denken, der ihm Übles gewollt hätte. Er war zwar nicht ganz arm, aber nicht so reich, daß er Neid, auch nicht so alt, daß er die Begierde von Erben hätte erwecken, und auch nicht so eigensinnig, daß er sich Haß hätte zuziehen können. Nein, ein Mord, da kannst du ganz sicher sein, ein Mord scheidet aus, denn es gibt keinen, der ihn hätte ermorden wollen."

Da erzählte ich ihr von meinem Traum, daß ich den Eindruck hätte, er habe mir nicht alles gesagt, als er mich gebeten habe, mit ihm zur Ehrenfels zu kommen. Im Traum habe er mir doch unbedingt noch etwas sagen wollen. Da lachte sie, küßte mich auf die Augen und sagte, jetzt sei ich von dem bösen Zauber erlöst. Alles, was ich im Traum gesehen habe, sei nun weggewischt. Da nahm ich sie in die Arme, aber durch ihre Haare, an einer sich fröhlich seitwärts kräuselnden Locke vorbeischauend, sah ich das Mädchen aus Gottesthal zu uns zurückkommen und wußte, daß es nun an der Zeit wäre, zu Pater Anselm zu gehen.

In einiger Entfernung von Marias Hütte saß vor mir am Wegrand ein Falke auf einem Weinbergspfahl. Er sah mich unverwandt an. Als ich näher kam, schwang er sich von seinem Sitz und flog vor mir her unglaublich tief über den Weg, so daß seine Flügelspitzen fast die Grashalme berührten. Ich nahm es als gutes Omen.

III

Pater Anselms Rat

Pater Anselm war auf einer seiner wöchentlichen Expeditionen tief in die Wildnis seines Schreibtischs anscheinend ganz verloren gegangen. Mir kam gleichsam aus weiter Ferne die Kunde, er fahnde diesmal nach einer halsabschneiderisch überhöhten Küferrechnung, die, wie er mir bei seiner Rückkehr versicherte, gestern noch bei den anderen Rechnungen in einer Schachtel auf dem Bücherregal liegend, von ihm selbst heute am frühen Morgen zur besseren Unterscheidung auf den Schreibtisch verbracht worden sei. Er wisse das ganz genau und könne vor seinem geistigen Auge sehen, wie er sie dort abgelegt habe, und er wies mir die Stelle auf dem Schreibtisch.
Er schaute mich ratlos an.
Ich ging zum Regal, nahm die zu oberst liegende Rechnung aus der Schachtel und gab sie ihm.
„Ja, diese ist es", sagte er. „Hier hatte ich sie hingelegt. Wieso lag sie nun in der Schachtel?"
Er runzelte die Stirn. Ob vielleicht Oskar in einem unbeobachteten Augenblick... Das könne nicht sein, denn Oskar habe sich noch nie an seinem Schreibtisch zu schaffen gemacht.

Oskar und Grandpatte seien schon am Vormittag bei ihm gewesen und hätten ihm von einem Mord erzählt, der eigentlich ein Unfall gewesen sei, oder von einem Unfall, der eigentlich ein Mord gewesen sei, der aber kein Mord gewesen sein dürfe, weil das für die Obrigkeit unangenehm sei, der aber doch ein Mord gewesen sei, weil nämlich nichts an den bekannten Umständen auf einen Mord hinweise, denn das sei für einen intelligenten Mörder typisch, und ein intelligenter Mörder müsse es gewesen sein, weil man einen dummen Mörder längst gefangen hätte.

„Eine verblüffende Argumentation Oskars!", seufzte er. „Wie soll einer da seine Rechnungen alle beisammen halten?"

Nun berichtete ich auch ihm alles, was ich über den Unfall wußte und fügte gleich hinzu, daß ich den Todessturz des Jakob für einen Unfall hielte. Ich hätte bereits seine Probe angewendet und 'cui bono' gefragt, 'wer hat einen Nutzen von Jakobs Tod?'. Weder Maria noch ich hätten eine Antwort auf diese Frage finden können. So könne es also kein Mord sein.

„Wenn ihr keine Antwort auf diese Frage findet, heißt das doch nicht, daß es keine Antwort gibt. Habt ihr überlegt, welch verschiedene Gestalten der Nutzen annehmen kann? Auch die Abwendung eines Schadens kann ein großer Nutzen sein. Die Frage nach dem Nutznießer eines Verbrechens kann zwar eine Hilfe sein bei der Suche nach dem Verbrecher, sie kann aber nicht als Probefrage dafür gelten, ob überhaupt ein Verbrechen vorliegt; denn es ist nicht möglich, alle Gestalten des Nutzens zu erforschen, und wenn nur eine fehlt, ist die Probe nicht vollständig und nicht brauchbar!"

Ich mußte ihm genau beschreiben, wie die Leiche da gelegen hatte, und welche Mauer Jakob hatte emporklettern wollen.

„Das ist sehr ungewöhnlich", sagte er dann. „Ich kann mir nicht denken, daß einer gerade da die Mauer ersteigen will, wenn er nicht völlig unüberlegt handelt. Als Buben sind wir oft in dem alten Gemäuer herumgestiegen. Natürlich hat es uns nicht genügt, versteckte Winkel aufzuspüren.

Versteckten Winkeln waren wir später mehr zugeneigt.

Als Buben wollten wir hoch hinaus, und da gibt es bessere Möglichkeiten, als auf diese Mauer zu klettern. Auf diese Mauer zu klettern, ist besonders schwierig, wenn nicht gar unmöglich. Der Jakob Sand muß das gewußt haben. Er war zwar viel jünger als ich, ist aber sicher auch in seiner Jugend in diesem Gemäuer gewesen. Wer sagt dir denn, daß er diesmal zum ersten Mal dort auf der Suche war?

Die Geschichte, nach der ihn der junge Brentano dazu angeregt habe, in der Ehrenfels die Keller zu suchen, erscheint mir ein wenig dünn. Wenn man schon nicht sicher ist, ob es sich bei einem Unfall um einen Mord handelt oder nicht, soll man grundsätzlich nichts, was man erzählt bekommt, ohne weitere Prüfung hinnehmen. Ob er also wirklich von der Mauer gestürzt ist?"
Da wies ich ihn auf den Holunderbusch hin, auf die Spuren an der Mauer und auf den blutigen, unter dem Gras verborgenen Felsen.
Wenn er mir auch zugestehen wolle, daß dies alles für einen Unfall spreche, so störe ihn doch immer noch die von mir beschriebene Lage des Toten, meinte er da. Er könne sich nicht vorstellen, daß einer nach dem Sturz von einer Mauer so zu liegen komme.

Wenn es ein Mord gewesen sei, hätte ihn der Mörder so hinlegen müssen, sagte ich da. Das sei aber doch gar nicht anzunehmen, denn ein Mörder, der so intelligent wäre, einen Mord als Unfall erscheinen zu lassen, der werde doch nicht, nachdem er alle Unfallspuren gelegt habe und sogar Trittspuren an der Mauer angebracht habe, die Leiche so hinlegen, daß jeder die Lage als unnatürlich empfinden und an einen Mord denken müsse. Das werde kein kluger Mörder tun. Anzunehmen aber, der Mörder habe die Leiche so hingelegt, daß man gerade auf diesen von mir soeben vorgetragenen Gedanken kommen solle, das sei zu unwahrscheinlich, als daß man es in die Überlegungen einbeziehen müsse. Es sei doch wohl so gewesen, daß er zufällig in diese Lage gekommen sei, oder vielleicht im Tode seine Beine so ausgestreckt habe.
Pater Anselm brummte etwas Unverständliches und meinte dann, vielleicht habe ein anderer noch seine Hände im Spiel gehabt und habe die Leiche so gelegt, um auf einen Mord hinzuweisen. Wer das wohl gewesen sein könne, fragte ich da.
„Wie wäre es mit der Kräuterfrau", frug er zurück, „der Kräuterthea, wie du sie nennst?"

„Was hätte sie dazu bewegen sollen? Warum hat sie mir das, was sie wußte, nicht einfach gesagt?"
„Warum ist sie denn vor dir weggelaufen? Du sagtest doch, das sei ungewöhnlich, obwohl sie so menschenscheu ist. Vielleicht hatte sie doch einen Grund, zwar so etwas unbestimmt auf den Mord hinzuweisen, aber nicht deutlich den Mörder zu benennen, wenn sie ihn denn kennt.
Mir kommt es überhaupt so vor, als habe da jemand etwas sehr halbherzig getan. Als habe er etwas verändert an der Lage des Toten, um sein Gewissen zu beruhigen, aber dann doch aus einem Grund, den wir nicht kennen, darauf verzichtet, Klarheit zu schaffen. Wenn dir daran liegt, den Fall aufzuklären, solltest du dich mit einem Unfall nicht zufrieden geben, solange du nicht mehr über Jakobs Tod weißt."
„Was kann ich jetzt noch tun? Nachdem die Leute des Schultheißen an der Todesstelle waren und nun eine ganze Nacht und ein Tag vergangen sind, kann ich nicht hoffen, noch etwas Wichtiges zu finden."

„Du hast deinen Gedanken ein viel zu schnelles Urteil in den Weg gestellt, um das du nun nicht herum kommst. Du meinst, der Tod sei bei Jakob Sand durch den Sturz von der Mauer eingetreten. Er habe beim Hinaufklettern einen Fehler gemacht und sei abgestürzt. Den Mord kannst du dir daher auch nur vorstellen als Sturz von der Mauer. Der Mörder müßte mit Jakob auf der Mauer gestanden und ihn hinabgestürzt haben. Das scheint dir aber eine sehr unsichere Art, einen zu ermorden, da man dabei leicht auch selbst in die Tiefe gerissen werden kann. Auch der ausgerissene Holunderbusch spricht gegen diesen Mord.
Aber muß denn der Tod durch einen Sturz von der Mauer eingetreten sein?
Du hast doch selbst schon auf eine andere Möglichkeit, einen Schuß von hinten, hingewiesen. Nein, Karl, ich fürchte, du mußt noch einmal zur Ehrenfels gehen, um dort genauer nachzuforschen, als du bisher getan."

„Und wonach soll ich forschen?"
„Nach irgendetwas, was dort, wo du es findest, nicht sein sollte."

IV

Noch einmal in der Ruine

Kleine schwarze Bögen, wie Wurfkeulen mit zugespitzen Enden und einem gedrungenen Pfeil in der Mitte kamen auf uns zugeflogen. Kurz vor uns spreizten sie die Schwanzfedern nur für einen Augenblick, bremsten ihren Flug und bogen zur Seite, ein ganzer Schwarm Schwalben. Es sah aus, als wollten sie die Geheimnisse des Gemäuers verteidigen.
Oskar bemerkte sie gar nicht. Er war damit beschäftigt, mir zu erklären, wie er sich die Nachforschungen gedacht hatte.
Man könne bei der Suche nichts dem Zufall überlassen. Das sei ganz falsch. Dann könne man auch nur zufällig etwas finden. Wenn man dagegen systematisch vorgehe, dann finde man mit Gewißheit etwas. Das Grundprinzip einer systematischen Suche sei, die Suche so einzurichten, daß man am Ende der Suche sicher sein könne, daß sie sich auf alle Stellen des abzusuchenden Gebietes erstreckt habe.
Er unterscheide zwischen einer kreisförmigen und einer linienförmigen Aufspürsuche.
Die kreisförmige beginne an einer bestimmten Stelle, die beliebig gewählt werden könne, am günstigsten aber in der Mitte des fraglichen Gebietes liege. In unserem Falle könne sie auch durch den Ort markiert werden, an dem der Tote gefunden worden sei. Man müsse dann in zunächst kleinen, dann immer größer werdenden Kreisen um diesen Ort, den Mittelpunkt der Kreise, herumgehen. Damit dabei nichts außer acht gelassen werde, stecke man am besten einen Stab an diesen Ort, an dem eine Schnur an einem Ring befestigt sei, und messe beim Umschreiten des Mittelpunktes den jeweils größer werdenden Abstand vom Mittelpunkt an der Länge der Schnur. In unserem Falle sei diese kreisförmige Methode, die er für die eleganteste halte, leider nicht anzuwenden, weil die Mauern der Ruine den Kreisen im Wege seien, da ihrem Grundriß die Kreisförmigkeit mangele.

Für die linienförmige Suche brauche er zwei Stäbe und eine Schnur, die diese Stäbe verbinde. Er habe deshalb die Pflanzschnur aus dem Institut mitgenommen. Bei der Suche müsse man nun folgendermaßen vorgehen: Man teile das zu durchsuchende Gelände in mehrere überschaubare, rechteckige oder auch quadratische Teile. Das sei in unserem Fall schon durch die Mauern geschehen. Sodann begebe man sich zu einem dieser Teile, befestige die Schnur in überschaubarem Abstand an einem beliebigen Rand des Grundstückes entlang und beginne längs der Schnur mit der Suche. Habe man die erste Zeile durchsucht, so spanne man die Schnur in überall gleichem Abstand erneut, eine Suchbreite von der ersten Spannung entfernt, und beginne in gleicher Weise wie beim ersten Mal mit der Suche. Man fahre so fort, bis das ganze Stück abgesucht sei.
Er habe sich einen Grundriß der ehemaligen Burg beschafft und unsere Vorgehensweise bei der Suche schon eingetragen. So sprach er zu mir auf dem Wege von Rüdesheim durch die Weinberge, sich von Zeit zu Zeit meiner Aufmerksamkeit vergewissernd, und dann wunderte er sich darüber, daß ich schon vor Beginn der Suche ein wenig ermüdet aussähe.
Ich hatte mir die Suche auch etwa so vorgestellt und hatte also keine Einwände. Wir fingen an in dem kleinen Hof, in dem ich den Toten gefunden hatte.
Grandpatte legte sich bequem ins Gras und betrachtete unser merkwürdiges Treiben mit Fassung. Nach einer Weile erkannte er wohl trotz Oskars systematischen Manövers, daß wir im Grase etwas suchten, und sah mich auffordernd an. Da führte ich ihn zu der Stelle, an der der Tote gelegen hatte, zeigte ihm den kleinen Felsbrocken, der da aus dem Erdreich hervorragte, und bedeutete ihm, daß er uns helfen könne.
Ich hatte ihn nicht sofort zur Hilfe aufgefordert, da er dann nur widerwillig an die Suche gegangen wäre, weil er gedacht hätte, er solle wieder einmal alle Arbeit allein schaffen. Nachdem er nun unser Bemühen gesehen hatte und gesehen hatte, daß wir uns vergeblich mühten, war bei ihm mit mehr

Eifer zu rechnen. Ich hatte mir von Anfang an von seiner Hilfe am meisten versprochen und war deshalb sehr enttäuscht, als er zuerst an den noch deutlich sichtbaren Blutflecken schnupperte, sich dann an die Suche zu begeben schien, aber bald mit der Nase auf dem Boden in gerader Linie den kleinen Hof verließ und den Weinbergen zustrebte. Wir ließen ihn laufen, den eigensinnigen Kerl, und fuhren mit unserer Suche fort. Wahrscheinlich würde die Durchsuchung der Ruine den ganzen Tag in Anspruch nehmen.

Wir waren fast fertig mit dem ersten Stück und hatten schon über den bewußten Felsbrocken hinweggesucht, als Grandpatte wieder erschien, sich stolz vor uns niedersetzte und einen goldenen Ring mit einem offensichtlich recht kostbaren Edelstein vor uns niederlegte. Er hatte anscheinend eine ganze Weile und viel Geschick gebraucht, bis er den Ring hatte aufnehmen können.

Oskar beachtete ihn kaum. „Wer weiß, wo er den Ring gefunden hat", sagte er, „und wer ihn da verloren hat. Ich habe noch nie davon gehört, daß Mörder durch die Weinberge laufen und Ringe verlieren. Ringe verliert man überhaupt nicht, die hat man am Finger und merkt, wenn sie sich lösen."

„Dieser Ring wurde verloren, und wenn das so ungewöhnlich ist, wie du sagst, dann wollen wir uns doch von Grandpatte zeigen lassen, wo er ihn gefunden hat. Es ist doch gerade das Ungewöhnliche, wonach wir suchen, oder weißt du vielleicht etwas anderes, wonach wir suchen sollten?"

„Ich suche nach einer Waffe, mit der man einen Mord begehen kann", sagte Oskar. „Ich habe aber noch nie davon gehört, daß man mit einem Ring, der den Finger schmücken soll, einen Mord begehen kann. Es sei denn, man kratzt einen blutig mit dem Edelstein und legt dann Gift in die Wunde."

Dann lachte er und wandte sich wieder seiner Suche zu. Über die Schulter sagte er, ich könne ja den Hirngespinsten Grandpattes folgen, wenn ich das für ersprießlicher hielte.

Ich nahm also den Ring, sprach zu Grandpatte und folgte ihm in die Weinberge. Er führt mich ganz in der Nähe der Ruine

auf dem Wege nach Rüdesheim zu einem Gebüsch und zeigte mir dort einen im Grase verborgenen, kräftigen Feldstein, der wie der Felsbrocken an der Mauer deutliche Blutspuren aufwies. Nur wenige Handbreit entfernt von diesem Stein hoben sich auf einem kleinen Fleck Erde andersfarbige Schollen von ihrer Umgebung ab. Grandpatte scharrte diese Schollen ganz vorsichtig zur Seite und zeigte mir, daß Gras und Erde darunter mit geronnenem Blut bedeckt waren, mit einer rötlich braunen, ganz dunklen Kruste.
Was sollte das anderes sein als Blut, völlig eingetrocknet?
So war der Mord also an dieser Stelle geschehen. Jakob war entweder auf dem Hinweg oder schon auf dem Rückweg gewesen. Er mußte an dieser Stelle vorübergehen, wenn er zur Ruine wollte, oder wenn er von der Ruine zurück nach Rüdesheim wollte, denn es gab nur diesen einen Weg, der von Rüdesheim aus zur Ruine führte. Durch das kleine Gebüsch gedeckt, hatte der Mörder auf den Jakob Sand gewartet, war von hinten an ihn herangesprungen und hatte ihm durch einen Schlag mit dem Feldstein den Schädel zertrümmert. Dann hatte er ihn, wohl auch in der Hoffnung, daß er nicht so bald entdeckt werde, in die Ruine getragen und hatte alles so hergerichtet, daß, wer die Leiche fand, denken mußte, der Tod sei durch einen Sturz von der Mauer verursacht worden, auf die der nunmehr Tote als Lebender töricht genug gewesen sei, hinaufzusteigen.
Oskar brauchte nicht mehr nach einer Waffe zu suchen.
Ich stand vor den kümmerlichen Beweisstücken des Mordes, einem grauen, fleckigen Feldstein und einem dunklen, verkrusteten Fleck auf der Erde und drehte den Ring in meinen Fingern. Dabei fiel mir auf, wie weit der Ring war. Er mußte einem starken Mann mit kräftigen, wenn nicht dicken Fingern gehört haben. Ganz sicher war es kein Frauenring. Ich überlegte, wo ich jemanden mit so dicken Fingern schon gesehen hätte, und kam zu keinem Ergebnis. Auch die Männer, die mir auf dem Wege zu Jakob Sand begegnet waren, hatten nicht solch dicke Finger, wahrscheinlich auch Eiderhoff nicht, des-

sen Kutsche ich auf der Fahrstraße unten am Rhein gesehen hatte, als ich nach der Entdeckung des Mordes die Ruine verlassen hatte.
Jedoch - so genau konnte ich das nicht wissen, da hätte ich erst alle Finger nachmessen müssen. Lediglich bei dem Schulmeister war ich mir wirklich sicher. Zu dessen Spinnenfingern konnte dieser Ring nicht passen.
Das war Mord, mußte ich jetzt sagen, und es wurde mir bewußt, wie sehr ich gehofft hatte, daß es ein Unfall gewesen sei, wie sehr ich gehofft hatte, nicht wieder in den Abgrund sehen zu müssen, der in einem Morde liegt.

Der Tod, besonders der Tod eines Freundes oder Bekannten, zeigt uns die Grenzen unseres Lebens. Je näher uns der Tote stand, desto näher scheint uns auch selbst der Tod gerückt, und wir denken daran, wie leicht alles wiegt, was wir tun, da es doch nur für wenige Jahre ist. Wir sehen wie in ein dunkles Wasser, und was wir tun, scheint uns wie Rascheln im Schilf, und die Trauer, die wir empfinden, gilt auch uns selbst.
Ein Mord aber zeigt uns die Grenzen unserer Natur, zeigt uns, wo unser Menschsein endet, wo die Ungeheuer wohnen, die wir in uns tragen. Wenn es auch nur der Mord an einem einzigen Menschen ist, dem fühlenden Herzen tritt er wie ein Erdbeben entgegen, das unseren Schritt schwanken macht und die Festigkeit der Erde in Verruf bringt.
Erst wenn der Mörder gefaßt ist, kehrt unsere Seelenruhe zurück, da wir dann alle Ungeheuer in dem einen versammeln und ihn selbst als Ungeheuer zu erkennen glauben. Erst wenn der Mörder gefaßt ist, sind wir alle entlastet, nein, wir fühlen uns nur so, als wären wir alle entlastet.
Wenn der Mörder gefaßt ist!
Konnte der Ring überhaupt ein Zeichen sein?
Vielleicht hatte er mit dem Morde gar nichts zu tun?
Der Ring konnte doch schon Tage oder Wochen vorher an dieser Stelle verloren worden sein.
Aber hätte ihn Grandpatte zu mir gebracht, wenn er keine

Bedeutung hätte? Wir durften ihn auf keinen Fall übersehen, auch wenn er als Beweisstück sicherlich untauglich war. Er konnte uns vielleicht helfen, den Mörder zu überführen. Grandpatte schaute mich an. Er hatte reichlich Lob verdient. Das bekam er jetzt. Dann nahm ich den Feldstein und ging zu Oskar zurück.

Oskar hatte in der Zwischenzeit seine Suche in einen anderen Raum der Ruine hinein fortgesetzt und hatte sich in seinem Eifer auf alle viere niedergelassen und kroch mit der Nase in Gras und Kräutern hin und her, wie ein unförmiges Weberschiffchen. Ich konnte ihn nur mit Mühe dazu bewegen, sich aufzurichten und mein Beweisstück zu betrachten. Er war dann aber schnell überzeugt und auch gleich stolz darauf, daß er mit seiner Mordvermutung Recht behalten hatte, und gleich begeistert von der Idee, daß nun mit der Befragung der Verdächtigen begonnen werden müsse. Am meisten verdächtig sei die Kräuterthea, die Kräuterfrau, zu ihrer Behausung müßten wir uns sogleich auf den Weg machen, ehe sie noch etwas von unserer Entdeckung gehört habe und sich auf die Befragung einrichten könne.

Ich sah Oskars Eifer teils mit Wohlwollen, teils mit Schrecken, denn ungeschickte Fragen konnten bei der empfindlichen Frau alles verderben. Den Verdacht, daß sie die Mörderin sein könnte, hielt ich für absurd, schon weil ich ihr nicht die Kraft zutraute, den schweren Jakob von der Stelle des Mordes in die Ruine zu tragen, und er mußte getragen worden sein, weil ich Schleifspuren mit Sicherheit entdeckt hätte. Aber wenn sie auch nicht des Mordes verdächtig war, so glaubte ich doch, daß sie etwas über den Mord wußte und daß sie es war, die die Lage der Leiche verändert hatte und also etwas hatte sagen wollen, ohne wirklich etwas zu sagen. Sie mußte in einem Zwiespalt der Gedanken und Gefühle leben, wohl wissend, daß der Mord nicht verborgen bleiben dürfe, aber offenbar in irgendeiner Weise dem Mörder verpflichtet, so daß sie wünschen mußte, nicht selbst unmittelbar die Ursache seiner Entdeckung zu sein. Da konnte uns eine

direkte Frage oder ein „auf den Kopf zusagen", wie Oskar das wollte, nichts helfen.
Das hätte sie nur in eine erschreckte Abwehr gestoßen.
Da mußten wir versuchen, auf Umwegen auf den Tod Jakobs zu sprechen zu kommen, und hoffen, daß sie das Stichwort aufnehmen werde oder durch eine unbedachte Bemerkung eine Tür zu weiteren Fragen öffnen werde. Oskars Eifer aber mußte sie vorsichtig machen. Auf eine unbedachte Bemerkung war dann nicht mehr zu rechnen.
Am liebsten wäre ich allein zu ihr gegangen.
Sie lebte in einem kleinen Holzhaus am Waldesrand. Graf Ostein, der Herr des Waldes, duldete sie dort als eine kuriose Bereicherung seines an Merkwürdigkeiten reichen Wald-Parks im Niederwald.

V

Spinnweben im Gesicht

Sie saß etwas zurückgelehnt in einem gemütlichen Sessel, Schneckensessel nennt man wohl diese Sessel, deren Lehne an beiden Seiten in einer nach innen gedrehten Spirale ausläuft. Von den Weinbergen aus hatte man sie nicht sehen können, denn sie saß zwar im nach den Weinbergen zu offenen Teil ihres Holzhauses, aber so durch den einen Pfeiler und die darum gerankte Rose geborgen, daß man sie erst sehen konnte, wenn man in den Raum trat.
Ihr Kopf war ein wenig zur Seite geneigt wie im Schlafe, die Farbe ihres Gesichtes aber war unnatürlich blaß, fast grau, und die vielen Linien, die ihr Gesicht durchzogen wie Pfade, auf denen das Leben geht, waren nun kalt und bedrohlich wie Spinnweben.
Sie war tot.
Eine Kugel hatte sie ins Herz getroffen.
Die Kräuterfrau konnte keine unbedachten Bemerkungen mehr machen.
Von den Weinbergen her, aus der Ferne oder vom Wald her konnte die Kugel nicht gekommen sein, denn aus der Lage des Leichnams war direkt zu ersehen, daß einer Kugel, die von draußen gekommen wäre, überall Dinge im Weg gestanden hätten. Der Mörder mußte also in diesen offenen, überdachten Vorraum getreten sein und sie dann erschossen haben. Das aber hieß, daß sie ihn gekannt haben mußte, daß sie ihn gut gekannt haben und vielleicht geliebt haben mußte, da sie den Tod aus seiner Hand so widerstandslos entgegengenommen hatte. Vielleicht war es ihr auch gelegen gekommen, da der Tod ihre Zweifel, was sie tun müsse, beendet hatte. Sie hatte sicher gewußt, daß der Mörder mit dem Mord an ihr den ersten Schritt tun werde, sich zu verraten. Sie hoffte, indem sie ermordet werde, werde auch der Mord an Jakob Sand als Mord erkannt, denn sie konnte sicher sein, daß

ich ihr merkwürdiges Verhalten mit Jakobs Tod zuerst und diesen dann mit dem Mord an ihr in Verbindung bringen werde. So wäre der Mörder selbst daran schuld, wenn sie nun doch die unmittelbare Ursache für seine Entdeckung werde.
Oskar war mit meinen Überlegungen überhaupt nicht einverstanden. Er bestand darauf, daß der Mörder zwar von außen gekommen sei, die Tote aber wohl im Schlafe überrascht und erschossen habe, noch bevor diese ihr Schicksal auch nur habe ahnen können. Davon, daß der Mörder die Ermordete gekannt und diese ihn sogar geliebt habe, könne keine Rede sein, der Gedanke sei meiner Phantasie entsprungen. Ich lege überhaupt zu viel Wert auf das Denken. Besser sei es, sich zuerst einmal der Tatsachen zu versichern. Die Mordwaffe habe der Übeltäter sicher mitgenommen. Die könnten wir also nicht zu entdecken hoffen. Aber andere Zeichen könnten wir vielleicht finden, die der Mörder zurückgelassen habe. Wir müßten das Haus durchsuchen. Da seien freilich andere Methoden angebracht als auf einem Wiesenstück unter freiem Himmel, dessen Grashalme so manches verbergen könnten. Schließlich ergäbe sich die Notwendigkeit einer neuen Methode auch daraus, daß man im Hause die Pflanzschnur schwerlich benutzen könne.
Ich ging ins Haus, ohne ihm weiter zuzuhören, und fand dort einen Zustand der Dinge, der meiner Vorstellung von diesem Morde widersprach.
Ich war schon früher einmal in den Räumen des kleinen Holzhauses gewesen. Zwei Räume waren es, deren einer als Schlaf- und Wohnraum mit einer kleinen Herdecke zum Bereiten der Speisen hergerichtet war, während der andere ganz eingenommen wurde von Schränken, Regalen und Tischen. In den Schränken mit offenen Schubladen wurden getrocknete Kräuter aufbewahrt, säuberlich geschichtet in Papierschachteln, die mit den Namen des jeweiligen Krautes gekennzeichnet waren. In den Regalen standen Gläser mit Wurzeln, Flaschen und Krüge, die Tinkturen und Salben enthielten und ebenfalls säuberlich beschriftet waren. Auf den

Tischen stapelten sich reinliche Teller und Schalen und ein goldglänzender Messingmörser mit einem reich verzierten Stößel.
An der linken Seite dieses Raumes, vom Eingang her durch den Vorraum gesehen, war der Abstieg in den gemauerten Keller, in dem die Kräuterfrau Speisen und Getränke, auch Wein aufbewahrte.
Nun war alles in ein Chaos verwandelt, das ärger war als jenes auf Pater Anselms Schreibtisch.
Die Regale und Schränke waren teils umgestürzt, teils lehnten sie, schräg gegeneinander gestützt, im Raum. Die Kräuterschachteln waren ausgeleert, die Flaschen zerbrochen, die Töpfe geöffnet.
Das andere Zimmer und den Keller fanden wir in einem ähnlichen Zustand. Das Weinfaß war zertrümmert und ausgelaufen und der Dunst des Weines erfüllte die Räume. Nur von außen hatte man noch nichts riechen können.

War der Mord geschehen, während wir auf der Ehrenfels nach Spuren suchten? Allzulange konnte es noch nicht her sein.
„Ganz klar", sagte Oskar, „der Mörder war auf Raub aus. Er hat die Schätze der Kräuterfrau gesucht. Ich habe schon oft gehört, daß sie sehr reich sei."
Als ich ihn verwundert ansah, fügte er hinzu, sie habe von ihrem Manne viel geerbt und mancher, den sie mit ihren Kräutern habe heilen können, habe sich als überaus dankbar erwiesen, denn ihre Heilungen seien oft kleinen Wundern gleichgekommen. Sie habe die Schriften der heiligen Hildegard von Bingen studiert und auch mit den Schwestern, als sie noch in Geisenheim gewohnt habe, vertrauten Umgang gepflogen. Sie habe deren Weise, Kranke zu heilen, durch ihre Erfahrungen noch verbessert. So mancher werde wohl traurig sein, wenn er von ihrem Tode erführe. Ein Fremder müsse sie getötet haben, einer, der zwar von ihrem Schatz gehört, aber nicht gewußt habe, wie wichtig sie für die Kranken gewesen sei.

Ich hatte mir inzwischen die Räume noch einmal angesehen und dabei bemerkt, wie zufällig die dort angerichtete Unordnung aussah.

So sagte ich zu Oskar, er solle die Krankenheilungen jetzt zunächst einmal vergessen, sich an den Eingang stellen und den Raum überschauen, ob ihm nicht auffalle, wie ungeschickt alles durcheinander geworfen sei. Man habe doch den Eindruck, da sei einer mit großer Eile am Werk gewesen. Der habe nicht nach Schätzen gesucht. Der habe den Raum nur schnell in einen Zustand versetzen wollen, der so aussähe, als ob da einer etwas gesucht habe. Das sei ihm aber nicht gelungen. Wenn man etwas suche, dann werfe man nicht alle Schränke und Regale um, dann gehe man systematisch vor und nehme sich einen Schrank nach dem anderen vor und ein Regal nach dem anderen und prüfe, was man dort finde. Diese Wildnis, die der Mörder da angerichtet habe, lasse vielleicht auf Zorn und Erregung oder eher noch auf Nachlässigkeit und Bequemlichkeit schließen, nicht aber auf eine systematische Suche nach einem Schatz. Ein auch bei näherer Betrachtung glaubhaftes Bild einer Suche herzustellen, sei mühsam und langwierig.

Der Mörder wäre einfach zu bequem dazu gewesen, diese Mühe auf sich zu nehmen. Das alles spräche dafür, fügte ich hinzu, daß in den beiden Räumen und im Keller wohl nichts zu finden sein werde, was uns Aufschluß über den Mörder geben könne.

Oskar ließ sich indes nicht abschrecken und begann mit der Suche.

Ich setzte mich auf einen Tisch, um nachzudenken.

Was war das Ergebnis unserer Nachforschungen?

Sicher war, daß Jakob Sand ermordet worden war. Der Beweis dafür waren der blutbefleckte Feldstein und die Blutlache, die Grandpatte freigelegt hatte.

Etwas weniger sicher, aber doch sehr wahrscheinlich war, daß die Kräuterfrau etwas von dem Mord gewußt hatte. Der Beleg dafür war ihr seltsames Verhalten, als sie mich gesehen hatte, und die veränderte Lage des Toten. Wer anders als sie hätte seine Lage so verändert haben können? Sie allein war mir so nahe bei dem Toten begegnet.

Genauso wahrscheinlich war wohl, daß der Mord an ihr mit dem Mord an Jakob Sand etwas zu tun hatte. Die Begründung dafür war, daß sie, wenn der Mörder wußte, daß sie etwas wußte, für den Mörder zu einer Gefahr geworden war. Ich bemerkte, daß ich eine weitere Hypothese einführte, nämlich, daß der Mörder wußte, daß sie wußte.

Noch weniger belegt war meine Annahme, der Mörder sei mit ihr so vertraut gewesen, daß sie aus seiner Hand den Tod sogar mit einer gewissen Erleichterung entgegengenommen habe.

Ich konnte Oskar nicht ganz Unrecht geben. Der Mörder hatte sie auch im Schlaf überraschen können. Aber warum sollte sie, wenn ihr der Mörder nicht vertraut war, wenn sie nicht in irgendeiner intimen Beziehung zu ihm stand, die Lage des Toten zwar in verdächtigender Weise verändert, den Namen des Mörders aber nicht preisgegeben haben?

In irgendeiner intimen Beziehung?

Schwerlich konnte das eine Liebesbeziehung sein. Oder täuschte ich mich da? Ich erinnerte mich an sie, ihre lebhaften Bewegungen, ihr jung gebliebenes Lächeln, das nicht durch viele Absichten und Begehrlichkeit verdorben war.

Eine gute Figur hatte sie obendrein. Natürlich war sie, wenn sie im Walde und in den Weinbergen umherstreifte, nicht gerade anziehend gekleidet, aber wenn ich ihr in Gedanken eines der Sonntagskleider meiner lieben Maria anzog...

Meine Gedanken gerieten auf Abwege.

Ich müßte mir das Ergebnis unserer Nachforschungen notieren und Pater Anselm vortragen und Maria, natürlich auch Maria!

Noch etwas war sicher, fiel mir da ein: Der Mörder kannte die Ruine Ehrenfels, er kannte sie aber nicht so gut wie Pater Anselm, sonst hätte er den Toten an eine andere Stelle gelegt, an eine Stelle, an der ein Sturz von der Mauer wahrscheinlicher gewesen wäre. Der Mörder war also nicht in der Nähe der Burg zur Welt gekommen und aufgewachsen, etwa in Rüdesheim oder in Aßmannshausen.

So ganz sicher war auch das nicht, denn einmal war er vielleicht auch da, wie in den Räumen der Kräuterfrau, nachlässig gewesen, oder er hatte an anderer Stelle keinen so passend aus der Erde hervorragenden Felsen gefunden. Viel Zeit hatte er wohl auch nicht auf die Suche nach einer geeigneteren Stelle verwenden können, zumal er doch noch die Trittspuren vortäuschen und den Holunderbusch abreißen mußte.

Was nun aber der Ring bedeuten sollte, wußte ich in meine Sicherheiten und Wahrscheinlichkeiten nicht recht einzufügen. Es war ein breiter Goldring mit einem roten Stein. Ein Rubin, dachte ich. Wenn ihn Grandpatte angebracht hat und unmittelbar danach den blutigen Feldstein gezeigt hat, wird er wohl in einer bestimmten Verbindung zu diesem Feldstein stehen und nicht nur einfach so am Wege gelegen haben. Wahrscheinlich hafteten an dem Ring auch geringe, für unser Auge kaum sichtbare Blutspuren, sonst hätte Grandpatte ihn schwerlich riechen können. Wahrscheinlicher noch war, daß er ihn mitgebracht hatte, weil er unmittelbar neben dem Feldstein gelegen hatte, vielleicht sogar von diesem verdeckt gewesen war, und deshalb von dem Mörder übersehen worden war. Der Ring war auch für mich ein wenig zu weit. Ich wollte ihn Pater Anselm zeigen.

Oskar hatte mittlerweile den Raum der Schränke und Regale verlassen und war in den Wohnraum vorgedrungen.

Ich hörte ihn plötzlich laut rufen.

Er hatte etwas gefunden.

Ein aufregendes Kleidungsstück hatte er gefunden.

„Das ist der Beweis!", schrie er und streckte mir den grünen Uniformrock eines französischen Jägers zu Pferde entgegen. Er war zwar schon ein bißchen verschlissen an den Ellenbogen, aber noch ganz gut zu gebrauchen.

„Das ist der Beweis. Franzosen waren hier. Sie sind von Bingen aus hierher gekommen und haben die gute Frau

erschossen. Sie haben auch planlos und schnell gesucht, weil sie wieder weg mußten, weil die Preußen in der Nähe sind. Ich sehe das ganz klar und deutlich. Ich muß sofort zu dem Schultheißen von Rüdesheim. Er braucht sich über die Morde nicht aufzuregen, auch wenn es nun keine Unglücksfälle sind. Sie sind aufgeklärt. Ich habe sie aufgeklärt. Durch meine systematische Suche habe ich sie aufgeklärt."
Er war ganz aufgeregt und ließ mich nicht zu Wort kommen. „Ich weiß schon", sagte er, „du hast wieder andere Ideen. Du hast zu viele Ideen und siehst nicht das Naheliegende. Ich gehe jetzt. Grandpatte kann solange das Haus und die Tote bewachen. Du kannst schon zu Pater Anselm gehen und ihm von meinem Erfolg erzählen."
Und er ging tatsächlich, den grünen Rock schwenkend, durch die Weinberge hinunter nach Rüdesheim.
Mir war es schon recht, daß er den Mord zu melden ging, denn ich verspürte durchaus nicht das Bedürfnis, dem unwilligen Schultheißen zu erklären, daß ein zweiter Mord verübt worden sei.
Ich hätte Oskar aber doch darauf aufmerksam machen sollen, daß wir keine weiteren Spuren von Soldaten gefunden hatten. Mir schien es zudem ganz unwahrscheinlich, daß ein Soldat seinen Uniformrock zurückgelassen haben sollte, da doch bekannt war, wie arm die französischen Soldaten waren und wie schlecht sie verpflegt wurden, besonders jetzt, da sie wiederum vor Mainz lagen, in einem Land, das so viele Truppen gar nicht ernähren konnte. Man erzählte sich schon Geschichten von einer Hungersnot und davon, mit welch erbärmlichen Speisen sie sich begnügen mußten. Das wäre zwar vielleicht ein Beweggrund gewesen, schnell einmal über den Rhein zu kommen und sich etwas zu holen. Das war aber sicher auch ein Grund, einen Rock, den man noch mit einigem Anstand tragen konnte, nicht liegen zu lassen.
Schließlich machen Soldaten Lärm und nehmen einer älteren Frau ohne viele Umstände weg, was sie von ihr haben wollen. Sie schleichen nicht herbei, um sie im Schlaf zu erschießen.

VI

Rädergulden und Friedrichsdor

Am Nachmittag erst kam ich zum Kloster Johannisberg. Pater Anselm saß neben dem Geißblatt auf der Bank nahe der Klosterpforte. Er hatte sich so arg in seinen Gedanken verheddert, daß er von meiner Ankunft kaum Notiz nahm und einfach weiter dachte. Ich kenne das schon. Wenn er in diesem Zustand ist, lasse ich ihn am besten in Ruhe und setze mich still neben ihn. Er fängt dann von selbst irgendwann an zu reden und läßt mich so an seinen Gedanken teilhaben. Wenn ich ihn etwas frage, wird er unwirsch und behauptet schließlich, er habe gerade den erlösenden Gedanken auf sich zukommen sehen, den hätte ich nun mit meiner unzeitigen Frage verscheucht.
Geduld müsse haben, hatte er gesagt, wer etwas erfahren und etwas erkennen wolle. Dem Hastigen entgleite Gedanke und tieferer Sinn, er lebe nur im Zufall und werde schließlich sich selbst zufällig in dieser Welt. Das sei ein großes Unglück. Nur wer einen Gedanken auch einmal festhalten und von allen Seiten betrachten könne, ohne sich von schon früher Gedachtem verwirren zu lassen, der lebe menschlich, weil menschlich leben denken bedeute.
O Freund der Weisheit, hatte ich da gedacht, und wie tröstlich es sei, daß noch keiner den Gedanken gehabt habe, eine Gedankensteuer einzuführen. Fast ein Wunder in unserer steuerfreudigen Zeit, in der bei der Vielzahl der tiefen Gedanken, die täglich unterwegs sind, eine solche Steuer das Geld nur so zum Sprudeln bringen müßte. Da brauchten die Politiker aus Geldmangel auf keine Torheit mehr zu verzichten!

Ich setzte mich also neben ihn und wartete.
„Wie kann man etwas verschwinden lassen und zugleich behalten?", sagte er nach einer Weile. „Wie kann man einen

Keller verschwinden lassen und den Keller doch behalten? Vielleicht ist es leichter, Fässer verschwinden zu lassen und zu behalten oder Wein? Die Zollwächter auf der Ehrenfels haben das Kunststück noch fertiggebracht. Sie haben ihre Keller verschwinden lassen, und doch müssen sie noch da sein."
Ich sah ihn fragend an.
Er wäre doch ein kümmerlicher Tropf und Kellermeister, wenn er nicht die Gefahren voraussähe, die seinem Keller drohten, und entsprechende Vorsorge träfe. Die Franzosen seien doch schon einmal dagewesen und hätten Wein aus dem Klosterkeller geholt. Damals hätte er das Schlimmste verhindern können. Jetzt drohe ihm ähnliche Gefahr. Wenn die Preußen, die ohnehin nur ein zweifelhafter Schutz seien, abzögen, dann sei damit zu rechnen, daß die Franzosen aus Bingen wieder über den Rhein kämen und erneut in die Keller des Klosters stiegen, und nicht nur um sich dort am Weine gütlich zu tun, sondern um ihn gleich faßweise mitzunehmen.
„Für Fragen, die einen Widerspruch in sich tragen", sagte er dann, „gibt es keine Antwort. Verschwinden lassen steht in einem Widerspruch zu behalten, und doch ist es kein so direkter Widerspruch. Der wäre gegeben, wenn statt verschwinden lassen wegschaffen stünde. Dann wäre ein Widerspruch gegeben, der eine Antwort unmöglich machte. So kann ich noch hoffen. Verschwinden lassen kann man ja auch durch eine Täuschung des Geistes - oder der Augen. Man könnte einen Teil des Kellers vermauern und die Fässer im Restkeller so aufstellen, daß es so aussähe, als seien da mehr Fässer als wirklich da wären. Wenn wir den Keller durch Mauerkunststücke ganz verschwinden ließen, wäre uns nicht geholfen, da die Franzosen schon hier oben waren und wissen, wo der Keller ist.
Vielleicht hat Oskar eine Idee. Er liebt es doch, sich mit Fragen zu beschäftigen, für die es eigentlich keine Antworten gibt.
Wo ist Oskar, er war doch mit dir zur Ruine gegangen?"
Ich nahm die Frage zum Anlaß, ihm alles ausführlich zu

erzählen. Wie wir systematisch gesucht und schließlich mit Grandpattes Hilfe den Ring, den Stein und den Blutfleck gefunden hatten. Wie wir zur Kräuterfrau gegangen waren und sie tot aufgefunden hatten, und wie Oskar aus dem grünen Uniformrock auf einen Überfall der Franzosen geschlossen hatte und zum Schultheißen geeilt war.
Bei der Erwähnung der Franzosen zuckte er ein wenig, stimmte aber meiner Meinung zu, daß es die Franzosen wohl nicht gewesen seien, sondern der Mörder des Jakob Sand, der da auch wieder versucht hätte, eine falsche Spur zu legen, eine Übung, zu der er bereits bei dem ersten Mord eine gewisse Neigung bewiesen. Zwischen dem Problem eines Mörders, der einen Mord verbergen müsse, und seinem Problem, einen Keller oder Fässer verbergen zu müssen, sehe er übrigens gewisse Ähnlichkeiten.

Pater Anselm freute sich über Oskars aufgeregten Eifer und seine Überzeugung, da liege ein Überfall der Franzosen vor; denn das habe zur Folge, daß nun alle annähmen, wir dächten genauso wie Oskar. Keiner werde auf die Idee kommen, wir untersuchten da wieder einen Mordfall. Wenn die Leute vermuteten, wir untersuchten wieder einen Mordfall, könnte das nur unsere Untersuchungen erschweren, zumal wir von einer unwilligen Obrigkeit keine Unterstützung, sondern weit eher nur Hindernisse zu erwarten hätten.
Wir sprachen dann über unser Vorgehen bei der Untersuchung. Wie ich erwartet hatte, würde es mein Vorgehen sein. Mir sollte wieder die angenehme Aufgabe zufallen, die Verdächtigen auszuhorchen, ganz gleich, ob sie des Mordes selbst verdächtig waren oder nur des bewußten oder unbewußten Wissens um den Mord oder den Mord betreffende Umstände. Da ich bei keinem der Verdächtigen wußte, welche dieser Möglichkeiten des Verdachtes auf ihn zuträfe, konnte ich ganz unbeschwert vorgehen.
Pater Anselm meinte, Ironie sei hier nicht am Platze; denn er werde sich der mühsamen Aufgabe unterziehen müssen, über

die Ergebnisse meiner Gespräche nachzudenken. Wir einigten uns darauf, daß zunächst einmal alle die Personen verdächtig seien, die mir begegnet wären auf meinem ersten Weg zur Ruine. Dazu gehöre auch Eiderhoff, da ich seine Kutsche gesehen hätte. Der sei mir also auch gleichsam entgegengekommen. Bei dem müsse ich besonders vorsichtig vorgehen, da wir ihn ja schon einmal, beim Tode seiner ersten Frau, in Verdacht gehabt hätten.

Einer der Klosterbrüder, die im Keller arbeiteten, brachte einen Krug Wein, Riesling, und Gläser und bat Pater Anselm, eine Probe zu nehmen und ein Urteil abzugeben.

Pater Anselm schenkte sich selbst und auch mir ein Glas ein und hielt das Glas gegen das Sonnenlicht.

Golden leuchtete der Wein.

Er trank nicht.

„Gold", murmelte er, „weißt du, ich habe so meine Zweifel an der Geschichte, die der Jakob Sand dir erzählt hat. Der sah zwar gutmütig aus, aber er war doch ein harter Geschäftsmann. Ich habe seit gestern noch einmal über ihn nachgedacht. Vielleicht haben wir uns in ihm getäuscht. Ich glaube nicht, daß er auf die zweifelhafte Aussicht hin, einen Keller und in diesem einige sehr alte Fässer Wein zu finden, zur Ehrenfels gepilgert wäre. Sicher wollte er einen Keller finden. Dort müssen ja Keller sein, und wenn sie in den Felsen gehauen sind, denn jede Burg muß Vorratskeller haben. Sicher dachte er, daß er deine Hilfe brauchen könne, da du als Fachmann in allen Weinangelegenheiten und im Entdecken giltst. Vielleicht hat er früher schon einmal vergeblich versucht, die Keller zu finden. Ich glaube aber nicht, daß er dort nur Wein zu finden hoffte. Denk' daran, daß es eine Zollburg war, die große Einnahmen gehabt haben muß. Denke an die Goldstücke, die dort waren, Rädergulden und Friedrichsdor, vom Silber nicht zu reden. Dafür lohnt es sich schon, ein wenig freie Zeit zu opfern und einem Freunde etwas vorzuflunkern oder Schlimmeres mit ihm anzufangen.

Wenn es ans Finden gegangen wäre, wäre er dich schon wie-

der losgeworden. Das mag er zumindest gehofft haben.
Es sollte mich nicht wundern, wenn du bald feststellen müßtest, daß er dich in Rüdesheim gar nicht so zufällig getroffen hat, wie es den Anschein hatte."
Der Kellerbruder sah ihn erstaunt an. Aber er war an seine seltsamen Reden gewöhnt und wußte, er würde sich, wenn dieser kleine Anfall vorüber wäre, auch wieder dem Weine zuwenden.
Maria fand ich allein. Ihr Vater war an den Rhein zum Kran gegangen, um dort eine Weinverladung zu überwachen. Er arbeitete nach dem Grundsatz, daß das Auge des Herren die Schafe mäste. Wenn er selbst bei der Verladung dabei sei, dachte er, werde diese schneller und sorgfältiger vonstatten gehen. Uns hätte seine Abwesenheit günstiger sein können, wenn uns nicht der Gedanke an den Tod der Kräuterfrau genußvollere Gedanken verwehrt hätte. Maria hatte sie recht gut gekannt und für ihren Kräutergarten auch manchen vorteilhaften Rat bei ihr eingeholt.
Sie war entsetzt über ihren Tod, versuchte aber, meine Nachricht ganz sachlich aufzunehmen. Ich wußte, daß sie in der Nacht weinen werde. Jetzt sah sie mich an und konzentrierte sich auf den Mord. Sie war erstaunt darüber, daß ich Oskars Theorie von einem Überfall der Franzosen so völlig ablehnte, konnte aber meine Gründe auch verstehen und anerkennen.
„Den Jakob Sand hat sie nicht gemocht. Das weiß ich genau, da sie mir einmal klagte, er sei einer von denen, die für ihre Heilkunst nur Spott hätten."
Wahrscheinlich sei sie ihm unheimlich gewesen; denn Unheimliches versuche man oft durch Spott abzuwehren. Unheimlich sei ihm nicht nur ihr einsames Leben in Gesellschaft der Heilkräuter gewesen, die ja immer auch Gifte sein können, wenn man die rechte Dosis nicht trifft.
Unheimlich sei ihm wohl auch gewesen, daß sie ihre Heilkunst so wohlfeil geübt habe. Er habe gemeint, sie müsse viel mehr Geld nehmen für ihre Tees und Salben.

Unheimlich sei sie ihm gewesen, weil sie so ganz anders gewesen sei als er selbst.
„Auf den Jakob Sand kommt es mir eben gar nicht so sehr an. Der war ja tot, bevor sie ermordet wurde."
Ich erklärte ihr, daß beide von einem und demselben Mörder ermordet worden seien, und welche Personen wir in Verdacht hätten, zu dem Morde an Sand und damit auch zu dem Morde an der Kräuterfrau in irgendeiner Beziehung zu stehen: am wenigsten den Amtskeller, eher schon den hageren Herwald aus Oestrich oder den Lehrer oder unseren alten Freund Eiderhoff.
Sie rümpfte ihr niedliches Näschen, als sie den Namen Eiderhoff hörte. Dem traue sie alles zu, meinte sie. Der könne auch zur Kräuterfrau in irgendeiner Beziehung oder, verbesserte sie sich und lächelte mir zu, in einer ganz bestimmten Beziehung gestanden haben. Obwohl er jetzt eine junge und auch anmutige, ja, auch anmutige Frau habe. Anmutig beschreibe sie besser als schön. Schließlich gäbe es viele Frauen, die zwar ebenmäßig gebildet und deshalb schön seien, denen es aber an Anmut fehle. Vielleicht sei die Beziehung zur Kräuterfrau ja eine alte Beziehung gewesen und habe alle törichten Taten des Eiderhoff überstanden. Vielleicht habe sie ihn so entsagungsvoll geliebt, wie sie die Leute, ohne Ansprüche zu stellen, geheilt habe. Sie sah mich mit hellen Augen an und nahm meine Hand.
„Jetzt machst du eine Heilige aus ihr!", sagte ich da und küßte sie, bewegt von ihrer Begeisterung.
Als wir über die Beziehung zwischen der Kräuterfrau und dem Eiderhoff dann noch einmal etwas nüchterner nachdachten, stellten wir bald fest, daß unser Verdacht keine weitere Grundlage hatte als Marias Antipathie gegen Eiderhoff und ihre Verehrung für die Kräuterfrau. Das war natürlich nur eine schwache Basis für einen solchen Verdacht. Wir mußten uns eingestehen, daß wir von einer solchen Beziehung noch nie etwas gehört hatten, und daß wir auch die beiden noch nie hatten zusammen stehen und miteinander reden gesehen.

Ausschließen mochten wir aber die Möglichkeit einer solchen Beziehung trotzdem nicht.
Der einzige, den wir bereits mit der Kräuterfrau zusammen gesehen hatten, war der Schulmeister. Das aber konnte auch ganz unverdächtig sein, wenn sich der Schulmeister beispielsweise ebenso wie sie für Kräuter interessierte.
Ich fragte Maria dann, ob und wann sie zum letzten Mal mit dem Jakob Sand gesprochen habe, und ob er irgendetwas gesagt habe, was mich betreffen könnte.
Das sei schon lange her, meinte sie, im vorigen Jahr, als er in ihrem Keller geschrotet habe. Aber von mir habe er da nicht gesprochen. Höchstens deshalb sei er ihr aufgefallen, weil er ihr schöne Augen gemacht habe.
Das brachte uns nun endlich auf andere Ideen. Wie man das anstelle, schöne Augen zu machen? Die seien doch entweder schön oder nicht. Was solle man denn daran noch verändern können? Dann übten wir zu unser beider Freude das „Schöne Augen machen" und kamen nach einer ganzen Reihe lebensnaher Experimente zu dem Schluß, daß es nicht schöne Augen, sondern verliebte Augen heißen müsse. Auf dem Heimweg dachte ich voll tiefer Zufriedenheit zurück an diese neu gefundene Art wissenschaftlicher Experimente.

Oskar sagte, natürlich habe er den Jakob Sand gesehen.
„Der kam an dem Tag, an dem du in Rüdesheim warst. Er wollte dich sprechen. Das war der Tag, an dem er ermordet worden ist. Er hat dann gefragt, wo er dich finden könne. Ich habe ihn nach Rüdesheim geschickt. Da hat er dich doch auch gefunden. Was soll denn das nun wieder?"
Ob ich denn immer noch an meiner Überzeugung festhalte, daß der Jakob Sand ermordet worden und die Kräuterthea demselben Mörder zum Opfer gefallen sei? Der Schultheiß und er hätten sich gegenseitig überzeugt. Er hätte den Schultheißen davon überzeugt, daß die Kräuterthea einem Überfall der Franzosen zum Opfer gefallen sei, das sei ganz einfach gewesen, denn der Schultheiß sei ein kluger und ein-

sichtiger Mann und habe auch sogleich erkannt, daß er da keine weiteren Nachforschungen anstellen könne, da die Franzosen, wie jeder wisse, auf der anderen Rheinseite in Bingen lebten und folglich Nachforschungen nicht zugänglich seien. Der Schultheiß habe ihn davon überzeugt, daß der Mord an Jakob Sand ein Unfall gewesen sei. Das sei ihm schwer gefallen, aber schließlich doch gelungen, denn ein jeder müsse doch einsehen, daß ein blutiger Feldstein nur in meiner aufgeregten Phantasie existiere.

Was wir da hätten, und da brauche er sich den Stein gar nicht erst anzusehen, sei ein Stein wie jeder andere, der eben eine Dreckkruste unbestimmbarer Herkunft aufweise, wie das ebenfalls bei vielen Steinen der Fall sei. Der Fleck auf dem Boden könne vielerlei Ursprünge haben, und der Ring, den habe jemand dort verloren, und der habe nun gar keine Beziehung zu dem Unfall. Er habe noch niemals gehört, daß einer durch einen Ring umgekommen sei. Da müsse man den schon verschlucken, und so töricht werde niemand sein. So töricht sei der Jakob auch nicht gewesen. Er habe durchblicken lassen, wie sehr es ihn wunder nehme, daß ich, der ich doch sonst ganz vernünftig sei, mir aus solchen schwachen Hinweisen nun einen Mord zusammen bastele. Er hoffe, daß das nur eine kurzfristige Anwandlung sei, die wie ein Schnupfen nach einigen Tagen vergehen werde. So habe der Schultheiß gesprochen, und er könne ihm nur zustimmen.

Ich ließ Oskar bei seiner neuen Überzeugung, eingedenk der Worte Pater Anselms, es sei für uns besser, wenn wir unsere Nachforschungen ohne eine Aufregung der Öffentlichkeit durchführen könnten.

Grandpatte war spät erst zurückgekommen und hatte sich empört zurückgezogen. Eine Totenwache war nicht nach seinem Sinn gewesen, zumal wir versäumt hatten, das Wächteramt mit Speise und Trank auszustatten. Einen guten Riesling zumindest hätten wir im Keller des Kräuterhauses für ihn suchen sollen.

An beiden Beerdigungen nahm ich teil und mußte zu meiner Verwunderung feststellen, daß nur wenige Leute dem toten Jakob das Geleite gaben, seine Schröterkollegen und einige Verwandte, während sich bei der Beerdigung der Kräuterfrau die Leute schwarz und ernst auf dem Friedhof drängten. Sie schwätzten einmal nicht, und es sah mehr so aus, als ob sie alle mit ihr nahe verwandt gewesen wären. Ich hatte doch gedacht, der Jakob wäre allseits beliebt gewesen, und mit der scheuen Kräuterfrau hätten nur wenige etwas zu tun haben wollen, die hätte man nur im Notfall aufgesucht.
Da hatte ich mich geirrt.
Maria hatte das besser erkannt.
Ich hatte gehofft, der Pfarrer werde am Grab der Kräuterfrau auch etwas über ihren Lebenslauf und ihre Herkunft sagen. Er beschränkte sich aber auf ihre Heilkunde, und wie sie mit Fleiß und Erfahrung das Gebot der Nächstenliebe vortrefflich erfüllt habe und nun viele der zu ihrem Grab gekommenen, auch ihn selbst, als Schuldner zurücklasse. Nur durch unser Gebet könnten wir ihr nun noch über den Tod hinaus unseren Dank abstatten, obgleich er sicher sei, daß sie sich nun an einem Orte befinde, an dem sie unseres Gebetes nicht mehr bedürfe, sondern wir eher auf ihre Fürsprache hoffen müßten.
Das war sehr schön und rührend und richtig, brachte mich aber nicht weiter. Beim Verlassen des Friedhofs in der Menge mitgehend, ohne beachtet zu werden, versuchte ich mitzuhören, was da gesagt wurde, konnte aber nichts Interessantes aufschnappen. Dann sah ich den Schulmeister und lud ihn ein, in einer Straußwirtschaft mit mir ein Glas Wein zu trinken. Ich merkte, daß ihm sehr daran gelegen war, mir wieder einen gelehrten Vortrag zu halten, wollte das aber gerne in Kauf nehmen, wenn ich nur dabei auch etwas Brauchbares erfahren könnte.
Wir setzten uns an einen kleinen Tisch in einer Ecke, ein wenig abseits von den anderen Tischen.
Der Wein war gut.

Der Schulmeister fing an zu reden, ohne daß ich etwas gefragt oder auch nur gesagt hatte. Er war immer noch ganz von seinem Wissen über die Ruine Ehrenfels erfüllt und begann damit, daß er sich bemühte, mir ihre Bedeutung als Zollburg zu erläutern. Er kam dabei bald auf die Münzen zu sprechen, in denen der Zoll entrichtet werden mußte. Von Batzen und Weißpfennigen berichtete er, von Hellern und Kreuzern in Silber, und daß man auch früher schon beim Schreiben das Wort Kreuzer abgekürzt habe, indem man nur einfach ein Kreuz gemacht und 'er' dazugeschrieben habe.
Dann gelangte er zu den Goldstücken, den Rädergulden und dem Friedrichsdor. Ich dachte an Pater Anselm, und meine Aufmerksamkeit nahm zu. Von den kleinen silbernen Petermännchen aus Trier sprach er und der wertvollen silbernen kölnischen Mark, von goldenen Dukaten und Goldgulden und wieder silbernen Blaumäusern und Brabanter Kronentalern, bis sie sich mit den Geistern des Rieslings verbanden und in meinem Kopf einen fröhlichen Tanz aufführten.

Es fiel mir immer schwerer, mich zu konzentrieren.
Aber dann kam er auf seine eigenen Überlegungen zu sprechen und meinte, ob ich nicht auch glaube, daß dies eine Vielzahl von Münzen sei, die man gar nicht alle gleichzeitig im Kopf behalten könne.
Da konnte ich nur ermattet nicken.
Er sah mich wohlwollend an und sagte, das habe er sich auch überlegt und daraus seine Schlüsse gezogen. Er sei davon überzeugt, daß die Zollwächter die Münzen und ihre unterschiedlichen Prägungen auch nicht alle hätten im Kopf aufbewahren können, schon gar nicht ihre verschiedenen Werte, die doch das Wichtigste dabei gewesen seien, und so hätten sie sicher eine Sammlung aller verschiedenen Münzen mit einer Liste ihrer Werte gehabt, um sie mit den zum Zoll dargereichten Münzen vergleichen zu können. Ein solcher Vergleich mit echten Münzen sei doch, das müsse jeder einse-

hen, viel leichter und auch sicherer als ein Vergleich mit Zeichnungen dieser Münzen.

Er schaute mich triumphierend an.

Das müsse eine wertvolle Sammlung gewesen sein, die an einem sicheren Orte aufbewahrt worden sei. Wer die fände, der sei ein gemachter Mann.

Seinen Überlegungen widerspreche nicht, daß früher die Münzen pfundweise abgewogen worden seien und ihr Wert nach dem Gewicht bestimmt worden sei; denn diese Methode sei schon nach dem 13. Jahrhundert aufgegeben worden. In den letzten Jahrhunderten, in denen die Zollburg unversehrt gestanden habe, hätten die Zöllner die Zollmünzen nach ihrer Münzvergleichssammlung bewertet.

Die wertvolle Sammlung sei in unruhigeren Zeiten, wie etwa bei einer Belagerung, an einem besonders sicheren Ort aufbewahrt worden, vielleicht an einer wohlverborgenen Stelle im Keller, und dort auch sicher noch zu finden. Sie wäre für die wissenschaftliche Erforschung der Zollburgen von unschätzbarem Wert. Wer den Keller entdecken könnte, der müßte auch die Sammlung finden können und dort, wo die Sammlung versteckt sei, sei wahrscheinlich auch noch mehr verwahrt, Silbermünzen und Goldstücke, Laubtaler, Philippstaler und Silberschilling und...

und er zählte wieder alle Namen der Münzen auf, wie eine Litanei des Mammons.

Das habe er alles auch dem Weinschröter gesagt, dem Jakob Sand, der habe ihn in den Weinbergen einmal darauf angesprochen. Die Kräuterfrau sei dazugekommen und habe aufmerksam zugehört. Sie sei ja sehr zurückhaltend gewesen, aber sie sei eine kluge Frau gewesen, denn sie habe ihn seines großen Wissens wegen bewundert.

Der Jakob habe sich aber nicht für die Wissenschaft interessiert, sondern nur für das Gold und das Silber und habe gefragt, wie man den Keller denn suchen müsse. Da habe die Kräuterfrau plötzlich das Wort ergriffen und gesagt, sie wisse durch das Studium der Kräuter, daß sie nicht auf jedem

Untergrund in gleicher Weise wüchsen. Dort, wo der Keller verborgen sei, wüchsen sie in anderer Weise als dort, wo kein Keller sei. Sehen könne man das möglicherweise, wenn man aus einiger Entfernung von oben auf die Erde niedersehe. Wer den Keller suche, solle doch einmal sein Glück auf den Türmen der Ruine versuchen. Vielleicht seien sie hoch genug, um die Unterschiede im Wachstum zu offenbaren. Dann habe sie gelacht und gesagt, wer Gold suchen wolle, müsse sich in Gefahr begeben. Die größte Gefahr habe er zu bestehen, wenn er es gefunden habe.
Der Jakob Sand sei ja wohl schon vorher in Gefahr geraten, fügte er nach einer Weile hinzu, schon bei der Suche, und sei in der Gefahr umgekommen. Wahrscheinlich habe er doch versucht, über die Mauer auf einen der Türme zu gelangen.
Ich bemühte mich nicht, ihn darüber aufzuklären, daß die Mauer, unter der Jakob Sand gelegen hatte, von den Türmen noch so weit entfernt liegt, daß dort keiner hinaufzusteigen versucht, der auf einen der Türme will.

Das Gespräch mit dem Schulmeister war zwar sehr aufschlußreich gewesen. Ich hatte aber den Eindruck, daß das Licht, das auf einer Seite in diese Geschichte hineinkomme, andere Stellen der Geschichte nur noch dunkler erscheinen ließe.
Im Institut schrieb ich mir auf, was der Schulmeister gesagt hatte.

Pater Anselm, den ich am Abend in den Weinbergen traf, hielt nicht viel von dem Gedanken, da sei eine wertvolle Münzsammlung gewesen, die lediglich den Zöllnern dazu gedient hätte, die vielgestaltigen Zahlungsmittel zu identifizieren. Da gäbe es wohl einfachere Mittel.
Er meinte, der Schulmeister habe eine gedeihliche Phantasie.
„Wenn er nicht", fügte er nach einer Weile sehr ernst hinzu,"ganz andere Dinge im Sinn hat."
Aber - was sollte er schon im Sinn haben? Seltsam fand ich

nur, das er nicht mitgegangen war, nach dem Keller zu suchen, - oder war er mitgegangen? Vielleicht glaubte er ja auch selbst nicht so recht, was er da erzählt hatte.

VII

Durch das Perspektiv gesehen

Ein paar Tage später war ich um die Mittagszeit in Oestrich und nutzte die Gelegenheit, den hageren Herwald aufzusuchen. Sein Haus war nahe den Weinbergen nach dem Schloß Vollrads zu gelegen, ein altes Fachwerkgebäude, das er in letzter Zeit durch mehrere Anbauten und eine Mauer so vergrößert hatte, daß es zwar eindrucksvoll, aber ziemlich ungeordnet aussah, denn die Anbauten waren so um das Haus herum aufgeführt, daß ein Gesamtplan nicht zu erkennen war. Es sah vielmehr so aus, als hätte er immer bei Bedarf wieder ein Gebäude errichten lassen gerade dort, wo er es brauchte. Da diese Gebäude allesamt in wenigen Jahren errichtet worden waren und alle erst vor kurzer Zeit, da also überall auf dem umfriedeten Grundstück vor wenigen Jahren noch gebaut worden war, waren die alten Bäume aus dem Wege geräumt worden, und neue Bäume hatten noch keine Zeit gehabt, zu wachsen und den Anblick des Anwesens für das Auge bekömmlicher werden zu lassen.
Im Hofe fand ich den Herwald nicht. Der Hof lag in sonniger Mittagsruhe, staubig und auch von den Tieren verlassen. Sie hatten alle schattige Plätze unter vorstehenden Dächern aufgesucht. Ich ging also ins Haus und fand dort seine Frau, die mir erklärte, daß er zu dieser Tageszeit meist in dem zuletzt von ihm gebauten Teil des Hauses sei, der einen breiten, nach den Weinbergen gewendeten Balkon besitze. Ich solle nur keck dort eintreten. Ich werde dort innen eine Halle finden, in die eine breite Galerie auf Holzsäulen eingefügt sei, zugänglich über eine Treppe, die auch gleich in die Nähe der Tür zum Balkon führe. Er sei entweder mit einer seiner Torheiten auf der Galerie beschäftigt, die er wie einen Speicher für allerlei Kram nutze, mit dem sie nichts zu tun haben wolle, oder auf dem Balkon, um dort die Mittagsruhe zu genießen, während sie arbeiten müsse.

Weder in der Halle noch auf der Galerie noch auf dem Balkon traf ich ihn an. Auf dem Balkon aber stand ein dreibeiniges Holzgestell. Auf diesem war das Perspektiv, das er, als ich ihm in Rüdesheim begegnete, mit sich führte, so befestigt, daß man es nach allen Seiten und auch nach oben und unten bewegen konnte.

So also konnte er mit dem „unschuldigen Rohr die klare Heiligkeit der Sterne schauen". Er brauchte nur auf die Nacht zu warten.

Das Rohr war allerdings nicht zu den Sternen gerichtet, sondern stand mehr waagerecht und schaute ins Weinbergsland hinein oder zum Waldrand hinüber.

Ich ging zurück zur Galerie und sah in die Halle hinunter. Herwald war nicht zu sehen. Ich rief nach ihm, bekam aber keine Antwort. Da dachte ich, ich wolle einige Zeit auf ihn warten, setzte mich in den Sessel aus geflochtenen Weiden, der da wohl zur Mittagsruhe stand, und überlegte noch einmal, was ich mir als Vorwand für meinen Besuch ausgedacht hatte. Ich wollte ihn bitten, den Weinberg, den er von seiner Mutter nahe dem Weg zwischen Rüdesheim und der Ehrenfels in zwar guter, für ihn aber schwer erreichbarer Lage geerbt hatte, mir für mein Institut für Traubenkunde zu verkaufen, da ich an dieser Stelle Versuche mit Riesling und Orleanstrauben machen wolle. Das müßte ihm verständlich erscheinen, da ja nur noch am Rüdesheimer Berg die Orleanstrauben wuchsen. Wenn er auf mein Angebot einginge, könnte ich immer leicht sagen, seine Forderungen seien zu hoch, um aus dem Vorwand keine für mich unerwünschten Folgerungen ziehen zu müssen. Vielleicht würden seine Forderungen aber auch so maßvoll sein, daß ich darauf eingehen könnte.

Da er immer noch nicht kam, ging ich noch einmal zu dem Perspektiv. Es war so ausgezogen, daß auch für mich die Gegenstände scharf vors Auge traten, auf die ich es richtete.

Der Waldesrand war mir ganz nah vor das Auge gerückt, der Weg, der dort entlang führte mit seinen Gräsern und seinen

Büschen und eine Lücke in den Bäumen, die mir eine leichte Schwenkung des Rohres nach links, fast nur den Hauch einer Schwenkung, vor das Auge brachte, war mit blauen und roten Blumen ganz nah, auch was sich dort auf der Blumenwiese begab ... ein Paar, der Mann über der Frau, ich kannte diesen gewölbten Rücken... die Frau, das Mädchen, war von ihm verdeckt. Ich sah nur ein Bein, nackt emporgereckt. So waren sie umschlungen, fest, und trotzdem in heftiger Bewegung, die Stille und Wärme dieser Mittagsstunden nutzend.
Das lustvoll belebte Bild erinnerte mich an Ovid:
„... Mittagsstunden wie diese, würden sie oft uns geschenkt."

In der Nähe lag das Kloster Gottesthal.
Ich wußte, wer die beiden waren, ohne mich lange zu bedenken: Wolf Faber und Nausikaa.
Maria sollte sich wundern. Sie hatte an ein solches Verhältnis nicht gedacht. Auch ich hätte nicht gedacht, daß aus dieser Begegnung so bald ein Verhältnis von solcher Innigkeit werden könnte.
Vielleicht hatten sich die beiden schon früher gekannt und ihr Verhältnis nur vor uns verbergen wollen.
Dafür hatte ich Verständnis.
Es war mir freilich fraglich, ob sie ihr Verhältnis auch vor Herwald hatten verbergen können.

Länger wollte ich nicht warten. Ich hatte noch einiges vor an diesem Tage und wollte den Abend bei Maria verbringen. Ich brachte das Rohr also wieder in die Richtung, in der ich es vorgefunden hatte, und ging dann langsam die Treppe hinunter, noch immer das Bild der kleinen Waldlichtung und der beiden Liebenden vor Augen, und ich mußte nun an Herrn Walthers Lied von den gebrochenen Blumen unter der Linde an der Heide denken, in dem es doch heißt, es solle niemals jemand herausfinden, was da geschehen sei. An ein Perspektiv auf dem Balkone, das man bequem in alle Richtungen schwenken könnte, hatte Herr Walther nicht gedacht.

Herwald kam schnellen Schrittes über den Hof geeilt. Er schien dabei alle Vorteile seiner windschlüpfrigen Gestalt zu nutzen.

Als er vor mir stand, sah ich, daß über seiner großen, zu einem stumpfen Winkel geknickten Nase der Zorn saß. Er sah mich starr an und sagte lauter, als nötig gewesen wäre: „Spione sind mir verhaßt!"

Die Halle, aus der ich da komme, gehöre nur ihm allein. Da habe niemand etwas verloren, auch ich nicht, wenn ich mir auch vielleicht wichtiger als andere Menschen vorkäme, nachdem ich einmal bei der Lösung eines Mordrätsels Glück gehabt hätte. Auch zur Entdeckung der Spätlese hätte mir schließlich nur ein glücklicher Zufall verholfen. Unsere Bekanntschaft sei nicht so alt und unsere Freundschaft nicht so eng, daß ich es wagen könne, in die nur ihm zugehörenden Räume einzudringen, um dort meiner Entdeckersucht zu frönen.

Ich hielt es für das beste, ihm nicht zu antworten, sondern ihn nur verständnislos anzusehen und dabei so viel gutes Gewissen durch meinen Blick schimmern zu lassen, als mir irgend möglich war. Das war freilich nicht allzuviel, nachdem ich durch sein unschuldiges Rohr geschaut hatte. Es schien aber genug zu sein, ihn zur Besinnung kommen zu lassen, und ihm deutlich zu machen, daß sein Verhalten, wenn ich etwas entdeckt hatte, dies nun auch nicht mehr verhindern könne, daß sein Verhalten aber, wenn ich nichts entdeckt hätte, mein Mißtrauen erregen mußte.

Dies bedenkend versuchte ich nun, ein leises Mißtrauen erkennen zu lassen, und dachte, das sei am leichtesten anzuzeigen, indem ich meine Augenbrauen hochziehe. Ich nahm mir vor, sowohl das gute Gewissen als auch das Mißtrauen bei nächster Gelegenheit einmal vor dem Spiegel zu üben, da ich vermutete, daß mir dieses auch bei zukünftigen Gesprächen noch zustatten kommen könne.

Er glättete seine Stirn und gab mir endlich die Hand und fragte, ohne sich zu entschuldigen, was mich zu ihm geführt habe.

In der Nähe der Halle stand ein alter, grüner Tisch aus Eisen ein wenig windschief auf dem holperigen Hofpflaster. Stühle waren an den Tisch gelehnt. Wir konnten das Gespräch also im Sitzen fortsetzen.
Gemütlich war es nicht.
Zu trinken gab es auch nichts.
Trotzdem begann ich, ihm umständlich zu erklären, wie mich unsere Begegnung an dem Wege zur Burg Ehrenfels daran erinnert hätte, daß er dort einen Weinberg von seiner Mutter her besitze, den er zwar seinem Schwager zur Obhut gegeben habe, den er aber doch einige Male im Jahr auch selbst besuchen müsse, was ihm sicher manchmal Ungelegenheiten bereiten könne, besonders jetzt in unseren unruhigen Zeiten. Da hätte ich gedacht, er sei vielleicht bereit, diesen Weinberg zu veräußern, und hätte mir vorgenommen, ihn deshalb in nächster Zukunft einmal aufzusuchen und zu fragen, ob er den Weinberg an mich verkaufen wolle. Er wisse ja, daß mir bei meinen Rebforschungen besonders an dem Riesling gelegen sei. Trotzdem wolle ich nicht einseitig und ohne rechte Prüfung andere Rebsorten vernachlässigen und hätte mich daran erinnert, daß in den Weinbergen bei Rüdesheim und, soviel ich wüßte, auch in seinem Weinberg noch die Orleansrebe zu finden sei. Da böte sich mir eine willkommene Gelegenheit, vergleichende Forschungen durchzuführen. Das schien ihn zu überzeugen und zugleich seinen Kaufmannsgeist zu erregen. So fingen wir an, die Vor- und Nachteile des Weinbergs, seine Lage und Größe zu besprechen und darüber zu reden, wer in jüngster Zeit einen Weinberg verkauft hätte, und welchen Preis er verlangt und was er bekommen hätte, und wie der verkaufte Weinberg dem zu vergleichen sei, der da jetzt zu verkaufen stünde.

Wenn einmal feststeht, daß der Käufer an dem Kauf interessiert ist, und bei dem Besitzer eine Neigung zum Verkauf nicht ausgeschlossen werden kann, wenden sich solche Gespräche scheinbar locker und manchmal fast beiläufig in

verschiedene Richtungen, dabei aber immer den Zweck verfolgend, einen Preis zu ermitteln.
Sowohl der Verkäufer als auch der Käufer versuchen, auf Umwegen herauszufinden, der eine, welche Eigenschaften der zu kaufende Weinberg habe, der andere, wieviel der Käufer zu zahlen bereit sei. Jeder versucht, den Umweg so zu wählen, daß der andere nicht gleich merkt, wohin er führen soll. Dies konnte ich nutzen, um unauffällig einen Umweg auch zur Ruine Ehrenfels einzuschlagen, da in dieser Situation Herwald alles als einen Teil des Gespräches über den Weinbergskauf auffassen mußte.
Trotzdem schien ihm der Gedanke an die zerstörte Burg unangenehm zu sein. Ich hatte nur über Weinberge oberhalb der Burg gesprochen, wo der Eiderhoff ein Stück gekauft hatte, um den Preis dieses Stückes zum Vergleich anzuführen, da lehnte er sich zurück, wie um sich von mir zu entfernen, und sah mich aufmerksam an.
„Wenn man allen Wein hätte, den die Leute in die Keller der Ehrenfels hineindichten", sagte er unvermittelt, „dann brauchte man nicht mehr im Weinberg zu arbeiten, dann hätte man genug für sein ganzes Leben.
Die Weine im Keller der Ehrenfels sollen ja auch noch besonders wohlschmeckend sein.
Ich glaube das nicht. Die Zöllner dort haben ihren Zoll doch sicherlich nicht in Form von Weinfässern erhoben, sondern Münzen genommen. Wenn dort also Keller sind, und wenn in diesen Kellern etwas Wertvolles zu finden ist, dann sind das nicht Weinfässer, sondern Münzen, Silber- oder Goldmünzen. Da mußt du nur dem heidnischen Schulmeister zuhören. Der erzählt dir gerne von dem Schatz, der im Burgkeller liegt, und erregt damit in denen, die ihm zuhören, eine unchristliche Begierde nach dem schnöden Mammon. Wir können Gott dankbar sein, daß nur wenige so töricht sind, auf diesen Verführer des Volkes zu hören."
Ich wußte nicht, wie ich das Gespräch fortführen sollte. Noch während er sprach, ging mir durch den Kopf, daß es erstaun-

lich sei, wieviele Leute von einem Schatz, von einem sagenhaften Schatz in den Kellern der Ruine wußten, der nicht nur aus Weinfässern bestehen sollte, obwohl ich davon noch nichts gehört hatte. Nun pflegte ich mich auch nicht besonders für sagenhafte Schätze zu interessieren, sondern hatte eine ganz andere, lebendigere Vorstellung von einem Schatz. Trotzdem, wenn so darüber geredet wurde, hätte ich einmal davon gehört haben müssen. Sicher wäre der Schatz beim „Schoppenschorsch" am Stammtisch schon einmal besprochen worden.
Oder war es so, daß der Schulmeister nur zu wenigen davon gesprochen hatte, und unter ihnen auch zu dem Herwald? Wollte dieser vielleicht eine engere Verbindung zu dem Schulmeister dadurch verbergen, daß er ihn einen unchristlichen Verführer nannte? Warum hätte er eine Verbindung verbergen wollen?
Hatten sie vielleicht zusammen nach dem Schatz gesucht?
Hatten sie ihn gefunden, und der Schulmeister hatte ihn übervorteilt bei der Teilung?
Mißtrauen führt unweigerlich in Schwierigkeiten. Wenn man dem anderen nicht glaubt, muß man sich fragen, was denn als Wahrheit an die Stelle dessen treten soll, was der andere gesagt hat. Da gibt es meistens viel zu viele verschiedene Möglichkeiten. Vielleicht war es nur eine ganz natürliche Gedankenverbindung, die den Herwald von unserem Gespräch über Preise auf den Schatz gebracht hatte, von dem er irgendwo gehört hatte, nicht unbedingt zuerst von dem Schulmeister. Vielleicht wußten auch wirklich nur wenige davon, die ihr Wissen geheim hielten, um selbst bei Gelegenheit einmal nachzusehen. Warum aber sprach er dann jetzt mir gegenüber von diesem Schatz?
Da fuhr er fort: „Der Jakob Sand ist auf dem Wege des Verderbens gewandelt, angestachelt und aufgeregt durch die Gier nach dem Schatz. Er ist dabei umgekommen, eine Warnung für alle, die schnell reich werden wollen, um sich dann sündhaftem Wohlleben hinzugeben."

Jetzt sah er mich an, wie ein Prophet aus dem alten Testament wohl seine leichtfertigen Mitbürger angesehen haben mochte, und mir kam der Gedanke, daß er diese Pose vielleicht nur einnahm, um mich bei dem Kaufgespräch zu verwirren. Ich wollte doch aber gar nicht so schnell reich werden, sondern erfahren, ob Herwald etwas über den tödlichen Unfall wisse. So entschloß ich mich, da er ihn selbst erwähnt hatte, ihn direkt zu fragen. Er sagte, nun wieder gleichmütig dreinschauend, die Ruine sei ihm immer ins Blickfeld geraten, wenn er durch sein Perspektiv zum Rhein hinunter auf den Mäuseturm gesehen habe, von dem aus die Franzosen so leicht einen Angriff wagen könnten. Diesen Turm müsse er deshalb, wenn er an seinem Weinberge sei, immer wieder einmal anschauen, um zu prüfen, ob sich dort ein Unheil zusammenbraue.

Auf der Ruine habe er dabei nichts bemerkt. Nicht einmal den Jakob Sand habe er gesehen. Das sei natürlich nicht weiter verwunderlich, da sich dieser doch innerhalb der Ruine befunden habe. „Innerhalb der Ruine", wiederholte er, „er muß aber doch auf der Mauer herumgeturnt sein, wenn er, wie alle Welt sagt, von der Mauer herab zu Tode gestürzt ist."
Er sah mich fragend an. Ich sagte nichts. Da hob er die Schultern und sagte: „Ich jedenfalls habe ihn nicht gesehen."
Wir sprachen dann noch über die Kräuterfrau, die er auch gesehen hatte, mit der er sogar gesprochen hatte, allerdings eine ganze Weile, bevor ich gekommen sei, betonte er.
Er bedauerte ihren Tod, schob ihn aber auch auf ihren Starrsinn. Sie hätte nicht so allein, in bequemer Reichweite aller Soldaten, am Waldrand leben dürfen. Sie könnte noch leben, wenn sie das Angebot ihrer Verwandten angenommen und bei diesen gewohnt hätte.
Er sei schließlich auch mit ihr verwandt, Nachgeschwisterkinder seien sie. Er hätte genug Platz auf seinem Hofe gehabt und gerne die Frau aufgenommen, die schließlich auch nicht ganz unvermögend gewesen sei. Er wiegte bedenklich seinen

Kopf und meinte dann, der menschliche Eigensinn sei fast ebenso schlimm und gefährlich wie die Besitzgier.

So, so, er war mit der Kräuterfrau verwandt, dann würde sie schwerlich seinen Namen preisgeben, wenn sie ihn bei einer Untat gesehen hätte. Nachgeschwisterkinder, dann waren zwei ihrer Großeltern Geschwister gewesen und ihre Eltern Vettern oder Basen. War das nahe genug verwandt, um einem Mörder einen solchen Schutz angedeihen zu lassen?
Vielleicht wäre es ungeschickt gewesen, fuhr er fort, wenn sie bei ihm gewohnt hätte, da er früher einmal eine zarte Neigung zu ihr gehabt habe, von der seine Frau wisse. Sie habe seine Neigung nicht erwidert. Sie habe, und dabei sah er ärgerlich auf den Tisch, einen anderen haben wollen. Dem sei sie fast nachgelaufen, nein, nachgelaufen sei sie ihm nicht, man habe aber leicht beobachten können, wie gern sie ihn habe kommen und wie ungern gehen sehen. Sie habe ihn nicht bekommen und einen ganz anderen geheiratet.
Er sah mich unwillig an, unwillig wohl, weil ihn die Erwähnung der Kräuterfrau zu so ausführlichen und intimen Äußerungen gebracht hatte. Ich fühlte, wie ihn der Tod dieser Frau aufgewühlt hatte. Er stand auf, entschuldigte sich, daß er ein so schlechter Gastgeber sei und ging, eine Flasche Wein und Gläser zu holen.
Er wollte Zeit gewinnen, um seine Gedanken neu ordnen zu können.
Als er wieder kam und die Gläser auf den Tisch stellte und den Wein einschenkte, war er wieder ganz ruhig.
Das Gespräch wendete sich nun erneut dem Preis des Weinberges zu und ich merkte, daß ich nun nichts mehr über den Tag an der Ehrenfels erfahren könne.
Unser Gespräch blieb ohne Ergebnis, so daß ich auch in den kommenden Tagen noch einen Vorwand hatte, ihn zu besuchen, um ausführlich mit ihm zu reden, wenn dies denn nötig wäre.

VIII

Im Erkerzimmer

Auf dem Heimweg bedachte ich, in der Jugendzeit der Kräuterfrau könnte ich nun das Fenster gefunden haben, das ich nur zu öffnen brauche, um mir den dunklen Innenraum des Mordrätsels zu erhellen und zu sehen, welche Gestalten dort verborgen seien. Mein Rätsel war ja aus mehreren Rätseln zusammengesetzt, die sich wie dunkle Innenräume ineinanderfügten. Ich durfte also hoffen, wenn ich einen dieser Räume erhellen könne, auch Licht in die anderen zu bringen.
Ich war davon überzeugt, daß die Kräuterfrau nicht von französischen oder anderen Soldaten umgebracht worden war, sondern von dem Mörder des Jakob Sand, den sie bei seiner Untat beobachtet hatte. Rätselhaft war mir, warum sie geschwiegen hatte, warum sie mir ausgewichen war. So mußte es eine Verbindung zwischen ihr und dem Mörder geben, die so eng war, daß sie ihr Schweigen erklärte, und auch so eng, daß sie nichts von diesem Mörder fürchtete oder sogar bereit war, lieber zu sterben, als ihn zu verraten.
Ich dachte an Herwald.
Er war mit ihr verwandt und hatte sie geliebt.
Er hatte sein Perspektiv von einem Franzosen ergattert. Er konnte also auch leicht den Uniformrock eines Jägers auf die Seite gebracht haben. Perspektiv, Liebe und Verwandtschaft machten ihn also verdächtig.
Aber sie hatte ihn wohl nicht geliebt und hatte ihn abgewiesen. Dies bedenkend konnte ich mir doch nicht vorstellen, daß sie bereit gewesen wäre, ihn vor einer wohlverdienten Strafe zu beschützen.
Der frühe Geliebte, dessen Liebe sie nicht hatte erlangen können, den sie vielleicht immer noch liebte, obwohl er sie zurückgewiesen hatte, dieser frühe Geliebte konnte wohl eher auf ihren Schutz hoffen. Vielleicht war er der einzige, für den

sie so hatte schweigen können, daß sie mitschuldig geworden war an seiner Tat. Nur so konnte ich mir erklären, wie sie hatte schweigen können, denn sie war eine gütige, rechtlich denkende Frau gewesen, der es schwergefallen sein mußte, so zu handeln, wie sie gehandelt hatte. Der Mörder hatte sicher nicht zu unrecht befürchtet, sie könne vielleicht noch anderen Sinnes werden.
Mir schien, dieser frühe Geliebte hätte am ehesten mit ihrer Nachsicht rechnen können. Vielleicht hatte er ihr seinen Mord erklären können, so erklären können, daß sie seine Schuld als gering ansehen konnte. Das mochte ihm nicht schwer gefallen sein, denn wie gerne wollte sie erkennen, daß seine Schuld gering war, oder daß ihn eigentlich gar keine Schuld traf, daß er in Notwehr gehandelt hatte. Der frühe Geliebte, geschmückt mit den Träumen ihrer Jugendzeit, - ihn konnte sie nicht verraten. Sie hätte mit ihm ihre Jugend verraten.
Dasselbe könnte für einen Sohn des Geliebten gelten, wenn es einen solchen Sohn wirklich gab.
Ich mußte also nur noch herausfinden, wer dieser Geliebte war, dann sollte es ein Leichtes sein, aus dem Täter und seinem Lebenslauf den Beweggrund zum Morde zu erschließen. So bin ich denn zu Maria geeilt, um ihr meine Entdeckung zu berichten und die Gedanken, die ich daran knüpfte. Vielleicht konnte mir Meister Leberlein schon sagen, wer dieser geheimnisvolle Geliebte der Kräuterfrau war.
Ob es wohl der Eiderhoff sein konnte? Obwohl er mir, was das Alter betraf, nicht so recht zu passen schien. Wie stand es mit dem Schulmeister? Er war noch recht jung. Konnte er der Sohn eines Geliebten sein?
Aber ich wußte ja nicht, wie alt die Kräuterfrau gewesen war. Schließlich konnte sie auch einen wesentlich jüngeren geliebt haben oder einen wesentlich älteren ...?

Herr Leberlein versucht alles, um unsere Heirat noch hinauszuschieben. Vor einiger Zeit ist ihm wohl der Gedanke gekommen, er müsse es Maria zu Hause besonders angenehm machen. Da ist er sogar in kräftigem Schwung über den langen Schatten seiner Sparsamkeit gesprungen und hat ihr das kleine Erkerzimmer, von dem aus man nach Süden zum Rhein hin schauen kann, ganz neu hergerichtet. Man kann von dort auch hinauf in die Weinberge sehen. Am frühen Morgen, wenn die Sonne über den Horizont kommt, und ihre Strahlen flach über die Rebenhänge streichen, dann leuchtet sie noch nicht hinein in die Rebenzeilen, dann stehen die schwarzen Schatten unter den hell leuchtenden Blättern der Weinstöcke, die wie grüne Lichtstriche auf einer schwarzen Tafel sind.

Was einer wohl schreiben möchte auf eine solche Tafel, wenn er sich traute, etwas darauf zu schreiben?

Das kleine Erkerzimmer ist wunderbar weiblich gemütlich eingerichtet, mit kleinen Augenfreuden versehen, Blumen und Bildern, geordnet und doch so, daß man die Ordnung nicht spürt, daß man sich einfach niederläßt auf einem breiten Sessel und alle Sorgen und mörderischen Rätsel ganz einfach vergißt, zumal dann, wenn Maria am Spinett sitzt. Ihr Vater hat ihr, tief in den Beutel greifend, jüngst noch ein Spinett gekauft. Sie braucht also nicht mehr zu ihrer Freundin und Lehrerin zu gehen, um dort zu üben und zu spielen. Sie kann nun auch zu Hause die Freuden dieser klaren Klänge genießen. Rührend ist es, wie sich Herr Leberlein um das Wohlbefinden seiner Tochter und sogar um mein Wohlbefinden bemüht. Ich könnte die Rührung freilich leichter ertragen, wenn es sich nicht um lauter Versuche handelte, unsere Heirat immer weiter in die graue Zukunft zu verschieben. Er ließe uns tun, was wir wollten, und gäbe uns jetzt schon sein ganzes Vermögen, wenn wir nur auf dieses Vorhaben verzichten wollten, und Maria weiter bei ihm bliebe, und ich immer mal wieder für ganze Tage und Nächte in meinem Institut für Traubenkunde verschwände.

Maria spielte eine Chaconne von einem gewissen Herrn Händel, dessen Musik ich zu Zeiten ganz gerne über mich

ergehen lasse. Mir war dabei, als sähe ich eine Wiese, auf der dunkle Akkorde wie schwerfällige Tanzbären einherstapften und, eine lange Kette vor dem Bache bildend, leichtfüßigen Buben und Mädchen den Weg zum Wasser verwehrten. Die aber liefen immer wieder auf sie zu, und schließlich änderte sich das Bild. Die Bären wurden beweglicher, sie wurden zu Edelherren, die mit Ritterfräulein in einem hohen Saale, von vielen Kerzen beleuchtet, einen feierlichen Tanz aufführten, in einem Saale, wie er weiland in der hohen Kästenburg beim Hambach gewesen sein soll und bald wieder erstehen könnte. Rotes Leben und goldener Wein, und die schwarzen Notenköpfe nicken dazu. Dann aber werden mir die kristallenen Tongebilde zu großen Figuren im Zimmer, die sich wie eine durchsichtige Mauer zwischen Maria und mich hinbewegen, die Leidenschaft auslöschen im Leibe und nur unsere Seelen vereinen im kühlen Licht dieser Töne.
Dann gehe ich zu ihr hin, lege meinen Arm um ihre Schultern und breche den Bann der Musik, und der zauberische Geist des Herrn Händel muß weichen.
Sie lehnt sich zurück und schaut auf zu mir und lächelt, und dann muß ich das Lächeln von ihren Lippen küssen, ob ich will oder nicht.
Mir fiel ein, was ich durch das Perspektiv gesehen hatte, und um sie ein wenig zu provozieren, erzählte ich ihr davon.
„Nicht lange hat der junge Faber gebraucht, um die züchtige Klosterschülerin aus Gottesthal in seine Arme zu schließen", sagte ich. „Gar so fremd können sie sich nicht gewesen sein, als wir uns an deiner Hütte getroffen haben. Sie liebten sich wie kundige Liebesleute und glaubten sich wohlverborgen. Mit dem fernsehenden Auge des Herwald hatten sie sicher nicht gerechnet. Ich möchte wissen, ob er von seinem Balkon aus nach Liebespaaren Ausschau hält, und was er mit seinem Wissen anfängt, wenn er Liebespaare entdeckt, von denen er weiß, daß sie nicht zusammengehören. Ob er es dann dabei bewenden läßt, über die Unmoral der Welt nur zu klagen, oder ob er dann auch etwas unternimmt, ihr zu steuern?"

„Das kann nicht sein." Maria sagte das ganz bestimmt.
„Das ist einfach nicht möglich. Nausikaa und Wolf Faber haben sich bei mir kennen gelernt. Sie kannten sich früher nicht, und ich weiß genau, daß Nausikaa einen Freund in Mainz hat, dem sie sich insgeheim angelobt hat, den sie liebt und nicht verlassen wird."
Sie habe zwar auch bemerkt, daß ihr der Faber den Hof mache. Der werde aber keinen Erfolg haben, zumal er es nicht ehrlich meine. Woher sie das nun wieder wisse, fragte ich da. Mir sei sein Interesse an Nausikaa ganz ehrlich vorgekommen.
Als Frau spüre man das, meinte sie.
Da gebe es aber viele Frauen, deren Gespür nur sehr zweifelhaft entwickelt sei, erwiderte ich.
Ich handelte auch nicht immer so, wie ich es für richtig erkannt hätte, rief sie da, und wenn viele Frauen falsch handelten, dann beweise das noch lange nicht, daß sie nicht das Richtige gespürt hätten.
In diesem Falle habe sie sich aber geirrt, meinte ich nun; denn mit eigenen Augen hätte ich gesehen, wie sie sich nahe, sehr nahe, ja überaus nahe gewesen seien. So nahe komme man sich nur, wenn eine längere, intensive Beziehung bestünde. Sie wolle doch sicher nicht sagen, Nausikaa sei ein leichtfertiges Mädchen.
Darauf ging sie nun nicht mehr ein. Ich hätte in die Ferne gesehen, und die Bilder, die man bei solchem Sehen sähe, könnten wohl leichter täuschen, als wenn man etwas aus der Nähe in allen Einzelheiten betrachten könne.
Also alle Einzelheiten hätte ich gar nicht betrachten wollen.
Da errötete sie und sah mich unwillig an.
Ich fand es an der Zeit, ihre Aufmerksamkeit auf einen anderen Gegenstand zu lenken und erzählte ihr, was mir Herwald gesagt hatte über den Geliebten der Kräuterfrau. Da aber wurde sie nun richtig böse und meinte, ob ich es wohl für eine glückliche Idee hielte, das Andenken der guten Frau durch das klatschmäulige Geschwätz eines enttäuschten Liebhabers

zu beschädigen. Ich mußte ihr meine Gedanken ausführlich darlegen, bis sie bereit war, darüber nachzudenken, was sie über das Liebesleben der Kräuterfrau gehört hatte. Daß der Eiderhoff in Frage kommen könnte, schien ihr nun doch wenig wahrscheinlich, obwohl sie es nicht ganz ausschließen wollte. Wir hätten, als wir beim letzten Mal darüber sprachen, nicht an den Altersunterschied gedacht.
Aber so groß sei der Altersunterschied eigentlich auch wieder nicht gewesen.
Sie könne sich nur nicht vorstellen, was eine Frau wie die kluge Kräuterfrau an diesem Manne gefunden haben könnte. Aber schließlich wisse sie auch nicht, was dessen frühere Frau, die ihr ja wohlvertraut gewesen sei, und auch, was dessen jetzige Frau zu ihm hingezogen hätte. Sein Geld könne es zumindest bei seiner früheren Frau nicht gewesen sein.
Sie habe aber noch etwas über einen früheren Geliebten der Kräuterfrau vor langer Zeit einmal von ihrem Vater gehört, der wohl auch selbst diese Frau einmal verehrt habe. Sie wisse aber nichts Genaues, und es sei wohl besser, ihren Vater selbst zu fragen.

Herr Leberlein ließ sich alles ganz genau erklären und wollte vor allem wissen, warum wir diesen früheren Geliebten finden wollten. Dann sah er mich lange an, lachte und meinte, der Herwald habe mich da wohl ein wenig necken wollen.
Der von der Kräuterfrau einst, als sie noch ein junges Mädchen gewesen sei, unglücklich geliebte sei kein anderer als Pater Anselm gewesen.

IX

Ein Gespräch

So war ich der Lösung des Rätsels keinen Schritt näher gekommen, und wo ich geglaubt hatte, ein Fenster zum verborgenen Innenraum des Rätsels aufstoßen zu können, hatte ich nur festes Mauerwerk gefunden, das sich lediglich in der Farbe ein wenig vom übrigen Mauerwerk abhob. Es war natürlich absurd, Pater Anselm als Mörder zu sehen, schon deshalb, weil ich ganz sicher wußte, daß er während der Zeit des Mordes in Johannisberg gewesen war. Allenfalls hätte die Kräuterfrau einen anderen mit Pater Anselm verwechselt haben können, was aber in Anbetracht dessen charaktervoller Nase wenig wahrscheinlich war. Trotzdem wollte ich mit Pater Anselm über diesen Verdacht sprechen. Ich wollte jedoch nicht sofort mit dieser Frage zu ihm gehen, sondern vorher mit allen bisher Verdächtigen gesprochen haben, um ihm die Ergebnisse meiner Nachforschungen vortragen zu können und diese Frage weniger wichtig erscheinen zu lassen, indem ich sie in die anderen Ergebnisse einfügte. So mußte ich also noch mit Eiderhoff sprechen, ehe ich zu dem Pater gehen konnte.

Ich fand ihn in einer Straußwirtschaft am Rande der Weinberge allein an einem Tisch sitzend, der unter einer Rebenlaube stand. Da es ein warmer Samstagnachmittag war, war der Gastraum wohlgefüllt mit Gästen. Auch draußen drängten sie sich an den wenigen Tischen, die im Hofe standen.

Eiderhoff saß aufs angenehmste versorgt mit Wein und Speisen und brauchte sich nicht zu überlegen, ob er seine Beine ausstrecken könne oder wie er seine Ellenbogen bewegen dürfe, ohne einen anderen anzustoßen. Die Leute mögen ihn nicht, besonders nachdem bekannt geworden ist, wie er mit dem Winzer in Martinsthal umgegangen ist, dem er das Weingut abgenommen hat. Der Unmut der Leute scheint ihn aber wenig zu kümmern. Er geht einfach weiterhin in Straußwirtschaften auch ganz allein, ohne seine Frau, und sitzt da wie ein Fremdkörper, dem zu nahe zu kommen, kein Glück bringt.

Er wunderte sich wohl, daß ich mich zu ihm setzte, grüßte mich aber mit der ihm eigenen Höflichkeit, die ihm schon in die dünnen Lippen hineingewachsen ist und kaum mehr verhüllen kann, wie abweisend er aus seinen dunklen Augen in die Welt hinaus schaut.
Je länger ich ihn kannte, desto schwerer fand ich es, ihn zu verstehen, denn aus seinen Augen schaute kein glücklicher Mensch.
Ich hatte manchmal den Eindruck, daß er seine Geschäfte, mit denen es ihm immer wieder gelang, seinen Partnern einen von diesen zu spät gesehenen Vorteil abzugewinnen, wie unter einem inneren Zwang mache, und daß es ihm nur eine kalte Freude bereite, seine Gewinne einzustreichen. Es war, als ob er sich der Aufgabe, den anderen zu zeigen, wie töricht sie in geschäftlichen Dingen handelten, nur ungern unterzöge.
Wenn ich ehrlich vor mir selbst über ihn nachdachte, mußte ich mir eingestehen, daß er mir zwar nicht sympathisch war, daß ich mir aber schlecht vorstellen konnte, was diesen kühlen Geschäftsmann zu einem Mord hätte bewegen können.
Da ich nicht recht wußte, wie ich mit ihm über den Mord in der Ruine sprechen sollte, sprach ich mit ihm über die Weinberge und über seine Absichten in Martinsthal und mußte hören, daß er wohl unterrichtet war über die Vorzüge der verschiedenen Weinbergslagen dort und auch feste Pläne hatte, wie er den Verkauf des Weines fördern wollte. Er hatte offenbar keinerlei Bedenken, mir dies alles mitzuteilen. Anscheinend wußte er an mir zu schätzen, daß ich mich auf Geschäfte mit ihm gar nicht erst einließ, und statt mir deshalb gram zu sein, erkannte er mir eine gewisse Gleichberechtigung zu.

Vielleicht aber hatte er auch geahnt, weshalb ich mich zu ihm gesetzt hatte. Wenn er mit dem Mord irgendetwas zu tun hatte, dann mußte er das ahnen. Dann hatte er sicher seine Schlüsse aus der Tatsache gezogen, daß ich Oskar mit der Franzosengeschichte zum Schultheißen hatte gehen lassen. Ihm war das sicher nicht verborgen geblieben. Dann aber wäre sein offenes, gleichberechtigtes Gespräch über seine neugekauften Weinberge nichts anderes als ein geschicktes Manöver, um mich von meinen Fragen abzubringen. Dann wäre ich eitel genug gewesen, seiner Geschicklichkeit zu erliegen, und er hätte wieder Grund gehabt, seine kalte Freude zu genießen. So dachte ich, während ich mit ihm über die Weinberge in Martinsthal sprach. Ich merkte, wie wir uns immer mehr in Einzelheiten verloren.
Das durfte nicht sein.
Ich wollte seiner Geschicklichkeit nicht erliegen.
Ich mußte das Gespräch auf die Ruine lenken.
So dachte ich, ihm den Ring zu zeigen, den Grandpatte dort gefunden hatte, und einfach zu behaupten, was ich zwar glaubte, aber nicht sicher wußte, Grandpatte habe ihn dort gefunden, wo der Jakob Sand ermordet worden sei.

Es schien mir kein Fehler zu sein, Eiderhoff gegenüber von Mord zu sprechen, obwohl allenthalben noch angenommen wurde, daß es sich um einen Unglücksfall gehandelt habe. War er der Mörder, so sagte ich ihm nichts Neues. War er nicht der Mörder, so war er schlau genug zu merken, daß es mit dem Unglücksfall in der Ruine eine besondere Bewandtnis gehabt haben mußte, wenn ich mit ihm darüber sprechen wollte.
Ich zog also den Ring hervor und legte ihn auf den Tisch zwischen uns. Er griff sofort nach dem Ring, machte ein sehr erstauntes Gesicht und fragte, woher ich diesen Ring habe. Er habe wie kein anderer ein Recht, mir diese Frage zu stellen, denn dieser Ring sei ein Ring seines Vaters, den ihm sein Vater vererbt habe. Er habe den Ring eigentlich tragen sollen. Der

Ring sei ihm aber zu groß gewesen, so daß er ihm immer wieder vom Finger gerutscht sei, und er zeigte mir, wie lose der Ring an seinem Finger saß. Der Ring war tatsächlich für einen anderen Finger gefertigt worden.
Er habe den Ring aber auch nicht verändern wollen, fuhr er fort, das wäre ihm so vorgekommen, als ob er das Andenken an seinen Vater störe. Daher habe er den Ring in einer Schublade seines Sekretärs aufbewahrt zusammen mit anderen Dingen, deren er zwar nicht mehr bedürfe, die er aber auch nicht veräußern wolle. So habe er ihn ganz vergessen.
Den Sekretär halte er meistens verschlossen.
Er bemühe sich, daran zu denken, daß er ihn immer abschließen müsse, wenn er das Haus verlasse. Es sei aber schon einige Male vorgekommen, daß er vergessen habe, den Sekretär zu verschließen. Nun müsse er einmal mit seiner Frau darüber reden, vielleicht wisse sie, wer den Ring entwendet haben könne. Denn er müsse entwendet worden sein, da er selbst ihn nicht aus dem Haus hinausgetragen habe, und da er sich auch schlecht vorstellen könne, daß ich den Ring in seinem Haus gefunden habe, ohne ihn unmittelbar von meinem Fund zu unterrichten.

Nun hatte er lange genug geredet, um zu überlegen, wie er am geschicktesten reagieren könne, wenn ich nun den Ring mit einer unangenehmen Tatsache in Verbindung brächte. Ich hatte also wenig Hoffnung, ihn noch überraschen zu können, als ich nun davon sprach, daß er an der Mordstelle gefunden worden sei. Er nahm das hin, ohne seinen Gesichtsausdruck zu verändern, so als ob es ihn überhaupt nichts angehe. Einen ganz anderen Erfolg hatte ich, als ich, nur um nichts auszulassen, hinzufügte, auch seine Kutsche sei nicht lange nach dem Mord auf dem Fahrweg unterhalb der Ehrenfels gesehen worden, wie sie sich in Richtung Rüdesheim bewegt hätte.
Ich spürte, wie er erschrak.
Er schloß die Augen, wie um mich den Schreck nicht sehen zu lassen.

Eine ganze Weile sagte er nichts, dann fuhr er sich mit der rechten Hand über die Stirn und meinte: „Das kann nicht sein!
Ich habe das jetzt eben überlegt, an diesem Tage ist keiner mit der Kutsche gefahren. Ich selbst bin nach Martinsthal geritten. Meine Frau war im Hause mit einer Stickerei beschäftigt. Sie stickt eine Decke für einen neu gekauften, sehr langen Tisch und hat mir am Abend glücklich ihre Fortschritte gezeigt. Sie muß also den Tag im Hause verbracht haben, denn ich kann mir nicht vorstellen, daß sie versucht haben sollte, bei einer Ausfahrt in der Kutsche zu sticken. Bei holpriger Fahrt kann man schwerlich eine Bordüre sticken, sie müßte denn in unregelmäßigen Schlangenlinien am Rande der Decke entlang laufen."
Er lachte.
Als dritter komme nur noch sein Verwalter, der junge Wolf Faber in Betracht, der aber sei in den Weinbergen in der Nähe von Johannisberg beschäftigt gewesen.
Da mußte ich denken, welcher Art diese Beschäftigung wohl gewesen sei, nachdem ich ihn vor kurzem noch so eifrig am Waldrand gesehen hatte, bei einer Beschäftigung, die mit den Weinbergen seines Herren nur wenig zu tun hatte.
Die Kutsche hatte ich gesehen. Jetzt sagte er mir, daß die Kutsche gar nicht dort gewesen sein könne, wo ich sie gesehen hatte. Warum aber war er dann so erschrocken?
War er doch selbst mit der Kutsche an der Burgruine gewesen?
Oder hatte er einen anderen in Verdacht, mit der Kutsche ausgefahren zu sein?
Seine Frau konnte er nicht in Verdacht haben, wenn er ihr Stickwerk als Beweis gelten ließ.
Den jungen Wolf Faber hatte er wohl nur der Vollständigkeit halber angeführt. Es mußte also ein vierter sein, den er in Verdacht hatte, den er mir aber nicht nennen wollte. Vielleicht hatte jemand die Kutsche ausgeliehen.
Er wollte das selbst überprüfen.

Ich überlegte, ob ich ihn warnen solle durch einen Hinweis auf den Tod der Kräuterfrau.
Ich verzichtete darauf, denn er war sicher überzeugt, daß er schlauer wäre als der Mörder, wenn er nicht selbst der Mörder war.

X

Nur zwei Eckpunkte

Wieder kam ich nach Johannisberg.
Grandpatte lag vor der Kellertür des Klosters in der Sonne und ließ es sich wohl sein. Er blinzelte mich an und bewegte die Schwanzspitze einige Zentimeter zur Seite, ohne sie anzuheben. Ich ging an ihm vorbei, tauchte hinab in die kühle Finsternis des Kellers und lief die vertrauten Stufen hinunter, noch ehe sich meine Augen an die Dunkelheit gewöhnt hatten.
Die Treppe mündet in einen breiten, hochgewölbten Raum, der bald im rechten Winkel nach links knickt ins eigentliche Kellergewölbe, von dem aus wieder Gewölbe zur Seite und eine weitere Treppe hinten rechts zu einem noch tieferen Keller führen. Der Hauptkeller war von wenigen Kerzen erleuchtet. Pater Anselm und Oskar saßen auf einer Weinkiste und besahen sich, was sie geleistet hatten. Mit Hilfe der Klosterbrüder hatten sie den Keller völlig umgestaltet. Vorne an standen sieben prächtige Fässer, reich mit Schnitzereien verziert. Der heidnische Gott Bacchus, der Lärmende, der auch Lyäus genannt wird, der Lösende, weil er Glieder und Sorgen zu lösen vermag, war dort abgebildet, eine riesige Traube in den Händen tragend. Auf einem anderen Faß ging es christlicher zu. Da waren Engel zu sehen, die einen großen Pokal gemeinsam zu einem frommen Pilger trugen. Ein drittes Faß zeigte das einfache Balkenwappen eines uralten Rittergeschlechtes.
Auch die Faßriegel hatte Pater Anselm besonders ausgewählt. Alle waren mit fein ausgeführten Symbolen geschmückt, jedem Weinfreunde zum Wohlgefallen. An diese Fässer anschließend waren auf beiden Seiten des länglichen Raumes kleinere, schmucklose Fässer aufgereiht, die wie die armen Verwandten der edlen Fässer aussahen.
„Es war falsch", sagte Pater Anselm, „den Keller verschwin-

den lassen und trotzdem behalten zu wollen. Das geht nicht! Es ist einfacher, den Wein verschwinden zu lassen und trotzdem zu behalten. Jedermann weiß, daß der Kellermeister seinem Weine immer das passende Faß erwählt. Kein Kellermeister brächte es über das Herz, seinen Liebling in ein unscheinbares Faß zu füllen und für den geringeren Wein oder gar für Wasser ein kostbares Faß zu wählen. So kann man, wenn man in einen Keller kommt, leicht sehen, aus welchem Faß man trinken sollte. Auch der Dümmste kann das sehen. So ist die Natur der Menschen, daß sie erkennen, was sie wissen. Selbst wenn einer käme und sagte, in den prächtigen Fässern befände sich Wasser, der gute Wein aber fülle die unscheinbaren, keiner glaubte ihm. Alle meinten, er triebe Scherz mit ihnen oder wolle sie gar betrügen!"
„Pater Anselm meint, so könne er die Revolutionssoldaten davon abhalten, den besten Wein aus den Klosterkellern zu rauben", murmelte Oskar. „Ich hätte da einen ganz anderen Plan gehabt."
„Er wollte alle Fässer fest an den Kellerboden heften und dann, wenn die Soldaten kämen, den Keller fluten. Er wollte zu diesem Zwecke Regenzisternen bauen, um genug Wasser zur Verfügung zu haben. Das wäre viel zu mühsam, zu teuer und zu langwierig gewesen. Wir müssen vielmehr bald bereit sein, da ein Überfall schon bald stattfinden kann."
Einige der besten Weine wurden nun ausgewählt. Sie sollten nach Fulda in Sicherheit gebracht werden. Auch auf dem Weg dorthin waren sie in unscheinbaren Fässern besser aufgehoben als in prächtig verzierten. Grandpatte, der einen besonderen Sinn entwickelt hatte für Weinproben, kam in den Keller, um bei der Probe zu helfen.
Am späten Nachmittag saßen wir dann auf der Terrasse am Rebenhang, und ich konnte endlich von den Gesprächen berichten, die ich mit den Verdächtigen geführt hatte.
Oskar saß verdrießlich dabei und versuchte, seine glückliche Stirn mit Unmut zu bewölken, was ihm aber nur sehr unvollkommen gelang.

Ich berichtete zunächst noch einmal von meinem Gespräch mit dem Schulmeister, aus dem sich deutlich ergeben hatte, daß Jakob Sand wohl so naiv nicht war, wie er gerne scheinen wollte, daß er vielmehr einem Goldschatz oder Münzschatz auf der Spur gewesen war und mich unverschämt belogen hatte. Das Gespräch der Brentanokinder hatte er erfunden, um mich in die Burgruine zu locken. Vielleicht hatte er ja von dem jungen Brentano die Sage gehört, daß in verborgenen Kellern unter der Burg Wein lagere, und hatte daraus das Gespräch ersonnen, das er mir berichten wollte. Oskar hatte mir gesagt, daß er mich an dem bewußten Tage auch nicht zufällig in Rüdesheim getroffen hatte, sondern nach mir gesucht hatte. Das alles ergab zwar noch keine Erklärung für den Mord, warf aber ein ungünstiges Licht auf das Treiben und den Charakter des Ermordeten, der schnell hatte reich werden wollen, und der auf dem Wege zum Reichtum eine Lüge und vielleicht auch anderes nicht gescheut hatte. Ich konnte mir nicht denken, daß er einen Schatz mit mir hatte teilen wollen. Er hatte sich bei der Suche nach dem Schatz meiner Kenntnisse bedienen, mich dann aber auf die eine oder andere Weise ausschalten wollen.
Pater Anselm nickte dazu.
Oskar aber rief: „Jetzt soll wohl der Verunglückte nicht nur ermordet worden, sondern an seiner Ermordung auch noch selbst schuld gewesen sein."
„Das mag wohl sein", sagte Pater Anselm, „solange wir nicht mehr wissen, dürfen wir auch diese Möglichkeit nicht außer acht lassen."
Oskar lehnte sich, seiner Mißbilligung auch äußerlich Ausdruck gebend, zurück und begann leise zwischen den Zähnen ein Lied zu pfeifen. Ich fuhr in meinem Berichte fort und erzählte, wie ich den Herwald angetroffen hatte, streifte dabei kurz die Szene, die ich durch das Perspektiv gesehen hatte, und erläuterte, daß auch Herwald von der Suche nach einem Schatz gewußt hatte. Ich erinnerte mich jetzt, daß er bei der ersten Begegnung, als ich auf dem Weg zur Ruine von

ihm aufgehalten worden war, gesagt hatte, sein unschuldiges Fernrohr sei durch Unmoral beschmutzt worden, daß er nun aber erklärt hatte, er habe den Jakob Sand an der Ruine nicht gesehen. Wo ich da einen Zusammenhang sehe, fragte Pater Anselm.
Jetzt wendete sich Oskar uns wieder zu.
„Das ist doch ganz einfach. Der Herwald, der doch früher in seine entfernte Base, die Kräuterthea, verliebt gewesen sein soll, hat durch sein Perspektiv gesehen, wie der Jakob und die Kräuterfrau in Liebe vereint waren, eng umschlungen auf der Wiese. Da hat ihn die Eifersucht gepackt, er hat den Jakob auf die Zinnen der Burg geschleppt und ihn dann hinab ins Verderben gestürzt. Die Kräuterfrau hat er erst später umgebracht, weil er sie ja geliebt hat. Das ist doch alles Unsinn. Ich gehe lieber noch einmal durch die Weinberge, um zu sehen, was dort zu tun ist."
Er stand auf und ging.

Natürlich war das Unsinn, was Oskar gesagt hatte. Wenn ich aber gewußt hätte, wie nahe er mit seinem absichtlichen Unsinn der Wahrheit gekommen war, hätten wir vielleicht noch manches Unheil vermeiden können.
Ich erzählte dann Pater Anselm, was ich mit Herwald über die Jugend der Kräuterfrau gesprochen hatte, und daß ich gehofft hatte, mit dem Namen ihres frühen Geliebten den Namen des Mörders zu erfahren. Wie ich dann durch die Auskunft, die mir Herr Leberlein gegeben hatte, so arg enttäuscht worden sei.
Da lachte er und meinte, viele hätten wohl damals geglaubt, daß er der Gegenstand ihrer Liebe gewesen sei. Er sei damals noch nicht ins Kloster eingetreten gewesen. Trotzdem habe er mit der Kräuterfrau nichts zu tun gehabt. Wohl aber sei ein junger, ansehnlicher Pater, mit dem er oft zusammen gewesen sei, das Ziel ihrer Wünsche gewesen. Auch sei dieser Pater ihr gegenüber wohl nicht völlig ablehnend gewesen. Er selbst aber habe, als er bemerkt habe, daß er als Vorwand für

Zusammenkünfte gedient habe, die er zwar habe verstehen, aber nicht billigen können, die Verbindung zu diesem Pater abgebrochen. Dieser sei dann zunächst in ein anderes Kloster gegangen und, wie er später gehört habe, nach einigen Jahren ganz aus dem Orden ausgetreten, und habe sich unter einem angenommenen Namen, der ihm nicht bekannt sei, verheiratet.

Nun kamen wir noch auf meine merkwürdige Unterhaltung mit Eiderhoff zu sprechen, von dem ich, wenn ich es recht bedachte, gar nichts erfahren hatte. Oder sollte ich den Hinweis auf seine Frau zum Anlaß nehmen, diese nun auch zu verdächtigen?

Pater Anselm meinte, wir seien doch ein Stück weiter gekommen. Ich dürfe nicht vergessen, daß wir nun wüßten, wem der Ring gehöre. Er könne sich nicht vorstellen, daß Grandpatte den Ring angebracht hätte, was ihm ja nicht ganz leicht gefallen sei, wenn an dem Ring nicht ein Geruch gehaftet hätte, der dem Geruch des Toten oder des Mörders ähnlich gewesen wäre oder vielleicht Blutgeruch. Es wäre etwas anderes gewesen, wenn wir den Ring gefunden hätten. Die Tatsache, daß ihn Grandpatte angebracht hätte, mache den Ring interessant. Er gehe davon aus, daß der Mörder den Ring verloren habe. Das aber bringe nun den Herrn Eiderhoff in eine bemerkenswerte Verbindung mit dem Mord.

Wenn man darüber nachdenke, erwiesen sich meine Gespräche als gar nicht so unergiebig, wie ich wohl dächte.

Wir wüßten jetzt, daß der Jakob Sand nicht so freundlich und naiv gewesen sei, wie wir zuerst Grund gehabt hätten, anzunehmen.

Wir wüßten, daß es um eine Schatzsuche gegangen sei, und daß mindestens der Schulmeister und auch der Herwald davon gewußt hätten.

Wir wüßten, daß Eiderhoff in irgendeiner Verbindung mit dem Mörder stünde. Den Verdacht, selbst der Mörder zu sein, habe er glücklich vermindert, indem er sich so offen zu dem Ring bekannt habe; denn er habe wohl annehmen können,

daß wir schwerlich in der Lage gewesen wären, den Ring zu ihm zurück zu verfolgen.
Wir wüßten noch nicht, was die Kräuterfrau veranlaßt hätte, den Mörder zu schützen, wenn sie ihn denn wirklich erkannt hätte. Wir müßten schließlich einräumen, daß der Mörder sie getötet haben könnte, weil er gedacht hätte, sie hätte ihn erkannt, ohne daß sie ihn wirklich erkannt hätte.
„Ich bin davon überzeugt", so schloß er, „Herwald und Eiderhoff wissen etwas über den Mord oder etwas, was mit dem Mord zusammenhängt, das sie dir nicht gesagt haben. Wenn wir wüßten, was sie wissen, und ihrer beider unterschiedliches Wissen zusammenfügen könnten, wären wir der Entdeckung des Mörders wahrscheinlich sehr nahe."
Die beiden seien für uns wie zwei Eckpunkte eines Dreiecks. Ich solle einmal daran denken, wie man ein Dreieck konstruieren könne. Zwei Eckpunkte genügten dabei nicht, wenn man aber die Größe der Winkel an diesen Eckpunkten kenne und wisse, wie weit sie auseinander lägen, dann könne man das Dreieck ohne Schwierigkeit aufzeichnen. So sehe er es, und mit diesen beiden, Herwald und Eiderhoff, sollten wir uns beschäftigen und versuchen, herauszufinden, was sie wüßten.
Dann wurde er auf einmal sehr ernst und sagte. „Sicherlich wissen beide nicht, wie gefährlich es für sie ist, etwas zu wissen. Eiderhoff wird sich im Umgang mit einem Mörder diesem genauso überlegen fühlen, wie er seinen Geschäftspartnern überlegen ist. Herwald wird mit ihm umgehen wollen, wie er mit den Leuten umgeht, die für ihn arbeiten, und sich ebenfalls überlegen fühlen.
Ich sehe das mit großer Sorge."
Wir sprachen noch lange darüber, daß es wohl unmöglich sei, sie zu warnen, da sie schon nicht zugeben würden, daß eine Warnung begründet sein könnte.
Wir versuchten dann, unser weiteres Vorgehen zu planen.
Es müßten nun einige Wochen vergehen, meinten wir, bis ich wieder mit den beiden reden könnte. Jetzt sofort einen neuen

Versuch zu machen, werde sicher nicht zum Erfolg führen. Auf die Szene, die ich durch das Perspektiv gesehen hatte, kamen wir nicht zurück, da wir sie beide für belanglos hielten.
Auf dem Heimweg kam mir das in den Sinn.
War es wirklich Zufall, daß ich diese Szene gesehen hatte?
War das Perspektiv nur zufällig nicht nach den Sternen gerichtet? War es vielleicht immer auf diese Stelle am Waldrand gerichtet?
War dort vielleicht ein Ort, an dem sich Liebespaare häufiger trafen, Liebespaare, die für Herwald interessanter waren als das, welches ich gesehen hatte?
Gab es dort oder in der Nähe noch anderes zu sehen, was Herwald interessieren konnte?
Benutzte er sein Wissen?
Wie benutzte er sein Wissen?
Warum hatte Pater Anselm den Schulmeister nicht in seine Dreieckskonstruktion eingefügt? Machten ihn seine Anwesenheit in der Nähe des Tatortes und seine phantastische Münzsammlung nicht auch verdächtig?

XI

Am Rande des Krieges

Was ich bisher erzählt habe, ereignete sich im Juli und in der ersten Hälfte des Augusts im Jahre 1795. In Hattenheim und Erbach, im oberen Rheingau also, waren Soldaten aus Salzburg. Im unteren Rheingau, in Winkel, Mittelheim und auch in Rüdesheim waren Soldaten aus Hessen-Darmstadt. Die Franzosen lagen auf der anderen Rheinseite in Bingen und hatten Mainz eingeschlossen.
Dort war der Krieg.
Die Koalitionstruppen in Mainz machten Ausfälle und versuchten, die französischen Verschanzungen zu erobern und zu zerstören. Das Land um Mainz war so arm geworden, daß auch die Franzosen sich dort nur noch kümmerlich ernähren konnten. Es wurde erzählt, sie kochten sich aus jungem Klee, Traubenlaub und Kornähren ein magenkrümmendes Gemüse und müßten kniefällig und mit gefalteten Händen um Brot betteln. Das kniefällige Betteln mit gefalteten Händen mag ich nicht glauben, da ich sie schon ganz anders, und zwar mit dem Gewehr habe betteln sehen.

Schon Anfang April haben uns die Preußen im Stich gelassen. Sie haben in Basel mit den Franzosen einen eigenen Frieden geschlossen. Es wird gemunkelt, insgeheim seien sie mit diesen übereingekommen, daß ihnen alles Land, das sie auf der linken Seite des Rheines verlören, durch anderes Land, also durch Land rechts der Rheines vergütet werde. Da haben sie sich also auf Kosten ihrer Freunde mit den Franzosen geeinigt, denn rechts des Rheines haben diese ja kein Land zu vergeben.
Ob sie an dieser Einigung viel Freude haben werden?
Hier im Rheingau ist durch den Abzug der Preußen viel Unruhe entstanden. Die Salzburger bemühen sich zwar sehr, freundlich mit den Rheingauern zu verkehren. Sie sind die

bravsten Soldaten, die wir während dieser üblen Zeiten bis jetzt kennen gelernt haben. Von den Soldaten, die aus Darmstadt zu uns geschickt wurden, kann man so freundlich leider nicht sprechen. Sie haben sich wie Räuber und Diebe aufgeführt und damit gedroht, sie wollten den ganzen Rheingau ausplündern, ehe sie abmarschierten. Daraus ist dann aber nichts geworden, da sie ganz plötzlich abmarschieren mußten und keine Zeit hatten, noch etwas Schlimmes anzurichten.
Am 21. September sind sie abgezogen. Das brachte uns aber keine Erleichterung; denn am nächsten Tage schon erschien der Schreinermeister Kirschner aus Bingen, der die Franzosen zu Raubzügen in den Rheingau noch besonders anzustacheln scheint, mit einem ganzen Trupp Soldaten vor dem Kloster Johannisberg, um dort den Keller zu plündern.
Den besten Wein wollte er haben. Zehn Stück Wein sollten es sein. Pater Anselms List, so schön sie ausgedacht und auch theoretisch untermauert war, hatte nicht ganz den Erfolg, den er sich erhofft hatte.

Wie erwartet, machte sich der Kirschner zuerst an die prächtigen Fässer. Das vorne an stehende, am reichsten verzierte hatte Pater Anselm mit gutem Wein gefüllt, die sechs folgenden dagegen enthielten zwar kein Wasser, aber nur billigen 'Haustrunk', der entsteht, wenn man die abgepreßten Trauben in der Kelter noch einmal mit Wasser übergießt, ein wenig quellen läßt und dann noch einmal ganz ausspreßt.
Der Pater selbst führte den Kirschner und seine Leute in den Keller und tat so, als wolle er sie an den prächtigen Fässern vorbei führen, mit dem Bemerken, diese enthielten nur Wasser, während die anderen unscheinbareren Fässer den guten Wein enthielten. Kirschner ging natürlich zu dem prächtigsten Faß hin und ließ dort eine Probe ziehen. Er überzeugte sich davon, daß ihn Pater Anselm hatte hinters Licht führen wollen, nahm, wie das jeder andere auch gemacht hätte, die halbe Lüge für eine ganze und hieß die

Soldaten die großen Fässer in die mitgebrachten kleineren Transportfässer abstechen.

Sie begannen mit dem überprüften Faß.

Dabei aber fingen sie auch schon an, von dem Wein, den sie da umfüllen mußten, reichlich zu trinken. So konnten sie zwar, als sie an die Fässer mit Haustrunk kamen, nicht mehr unterscheiden, welche Flüssigkeit sie da in ihre Transportfässer füllten. Sie ließen aber in trunkenem Ungeschick zwei Fässer die Treppe hinunterrollen und auf dem Kellerboden zerschellen und holten dafür andere, diesmal solche, die mit gutem Wein gefüllt waren.

Oskar war in dieser Zeit schwer erträglich, da er zu wissen glaubte, daß sein Plan diesen Schaden verhindert hätte und dies auch bei jeder Gelegenheit kundtat. Wenn der Keller rechtzeitig geflutet worden wäre, wäre kein Tropfen Weines verloren gegangen. Er erinnerte dabei immer wieder an einen Freund, den er in Bacharach habe, dessen Keller bei einem Hochwasser so überflutet worden sei, daß er nur noch mit einem Boot zwischen den Fässern hätte fahren können. Dem Wein habe das nicht geschadet...

Die Rheingauer mußten die französischen Truppen in dieser Zeit, in den letzten September- und ersten Oktoberwochen, mit vielerlei versorgen, Brot, Fleisch und Wein, und trotzdem drangen die Soldaten überall da, wo gerade einmal keine Offiziere waren, in Kramläden und Keller ein, um sich zusätzliche Genüsse zu verschaffen.

Bei dem Bürgermeister in Winkel, der einen schönen Kramladen hat, brachen sie mit Äxten durch die Tür, und während er im Keller mit dem Heber am Faß stand und alle möglichen Geschirre, Eimer und Töpfe mit Wein füllte, stahlen sie ihm über dem Kopf seinen Kram und sein Geld weg. Als aber ein mutiger Offizier kam und ihnen mit der flachen Säbelklinge die Buckel gerbte, rückten sie das Geld wieder heraus. Der Offizier griff ihnen sogar selbst mit eigener Hand in die Taschen und förderte zu Tage, was sie dort noch zu ber-

gen gedachten. Er stellte dem Ladendiener das Geld wieder zu. Dies habe ich erwähnt, um der Gerechtigkeit genüge zu tun, damit keiner denken soll, es seien nur ungezügelte Horden gewesen. Sie waren gezügelt. Aber nicht überall waren so gute Zügel zu finden wie bei diesem Offizier in Winkel. Wo sie fehlten, ging es schlimmer zu, und den Bürgern entstand großer Schaden.
Ich selbst kam mit viel Glück und Vorsicht ohne große Verluste davon. Wenn Soldaten zu erwarten waren, kamen Grandpatte und Oskar, um das Traubeninstitut schützen zu helfen. Da der kleine Fachwerkbau unauffällig war in der Nähe von viel reicher aussehenden Häusern, und keiner einen wohlgefüllten Keller dort vermuten konnte, wurde er auch nicht zum Gegenstand der Begierde. Meister Leberlein hatte das Glück, ein festes Anwesen zu besitzen, das von den Knechten leicht verteidigt werden konnte und an einer Straße lag, die von den Offizieren häufig durchritten wurde. So brauchte ich mir auch um Maria keine Sorgen zu machen.
Sorgen bereitete mir die Weinernte; denn sowohl während der Besetzung des Rheingaus durch die Franzosen als auch besonders während ihres Ausmarsches am 11. und 12. Oktober zur Belagerung von Mainz griffen sie, so oft sie nur konnten, nach den Trauben und füllten sich zum Marsch die Hüte mit der süßen Kost, während sie ganze Laibe Brot und sogar rohes Fleisch auf ihre Bajonette steckten und mit sich führten.
Ihr Ausmarsch war freilich nicht so, wie man sich einen Kriegszug vorstellt, da die Waffen mit diesem nahrhaften Schmuck gar nicht mehr wie Waffen aussahen, er erschien vielmehr wie ein lustiger Umzug, wenn die Zuschauer hätten fröhliche Mienen dazu machen können. Sie aber gedachten der Schäden und des Hungers, den sie nun leiden müßten, da ein großer Teil der Ernte verdorben war, und mancher dachte daran, wie er nun den Weinhändlern aus Köln das Darlehen zurückzahlen könne, das sie ihm im voraus auf den zu erwartenden Gewinn aus der neuen Ernte gewährt hatten.

Wie sollte ich in einer solchen Zeit an die Aufklärung eines Mordfalles denken?
Ich war damit beschäftigt, die Weinberge zu schützen und mein Institut, und anderen zu helfen, so gut es eben möglich war, ihr Eigentum zu bewahren.

Wenn ich zu Pater Anselm kam, sprachen wir über andere, bessere Vorkehrungen, den Keller in Johannisberg zu schützen. Das Kloster hatte nicht viel von den kleineren Soldatentrupps zu fürchten, die von den Offizieren in Schach gehalten wurden. Wenn eine Truppe sich hinauf auf den Berg bewegte, dann war sie groß genug, das Kloster mit Gewalt zu erobern, und von Offizieren befehligt, die selbst darauf aus waren, sich günstig Wein zu beschaffen. So blieb dem Pater nur die Möglichkeit, eine List anzuwenden. Seit Oskar glaubte, er allein wisse das rechte Mittel, den Wein zu bewahren, war mit ihm nichts mehr anzufangen.
Pater Anselm mußte also allein neue Ideen entwickeln. Er sann auf eine andere Täuschung und wollte den Wein an einer Stelle verbergen, an der man Wein nicht vermutete. Er dachte, wenn er den Keller auch nicht wegschaffen könne, so könne er doch den Weinkeller zu einem schlichten Keller machen, indem er den Wein wegschaffe.
Er kam auf den Gedanken, die besten Fässer für die Zeit der Anwesenheit der Franzosen im Rheingau in einer Scheuer unter dem Heu zu verbergen.
So war er sehr beschäftigt, und wenn ich doch einmal an den Tod der Kräuterfrau erinnerte und daran, daß ein so übler Mörder, der schon zwei Menschen umgebracht habe, gefährlich sei und nicht ungestraft bleiben dürfe, sah er mich nur müde an und meinte, wir hätten doch ohnehin beschlossen, für einige Zeit auf Gespräche mit den Verdächtigen zu verzichten.

Es ist schon seltsam, wie grenzenlos unser Bewußtsein scheint, indem es durch Raum und Zeit in Zukunft und

Vergangenheit zu eilen vermag, und wie eng es doch ist und jeweils nur bestimmten Gedanken Raum bietet.

Da ich den Mörder verfolgte und Gespräche führte, dachte ich nach, wie ich fragen könne, und welche Bedeutung die Antworten hätten, und ob sie mir den Mörder und seine Beweggründe zeigten.

Jetzt standen mir die Sorgen um die Weinernte im Sinn, und die Gedanken an den Mord waren wie weggewischt und erschienen nur manchmal noch wie Flecke verwischt am Rande der Bewußtseinstafel.

Trotzdem sprach ich natürlich mit Eiderhoff, als ich ihn zusammen mit seiner Frau auf dem Markte in Geisenheim traf, einen Tag, nachdem die Franzosen abgezogen waren. Er trug den Ring und bemerkte sogleich meinen Blick und sagte, er habe ihn verengen lassen. Es sei doch ein wertvolles Stück und seinem verewigten Vater sei es wohl lieber, ihn von den paradiesischen Gefilden aus, in denen er jetzt sicher weile, mit dem Ring zu sehen als ohne den Ring. Er überlegte und fügte dann hinzu, ein anderer oder andere könnten vielleicht erschrecken, wenn sie sähen, daß er den Ring trüge. Er werde sehen und habe vielleicht auch schon gesehen, wer da erschrecke. Schließlich sei er selbst erschrocken, wenn er das mir auch nicht habe zeigen wollen. Seine Frau sagte nichts. Sie schaute auf ein Taubenpaar, das in der Nähe des Brunnens spielte, und lächelte.

Da zupfte er sie am Ärmel ihrer Bluse, wendete seinen Blick zu ihr hin und sagte: „Ich werde diese Geschichte schon auf meine Art beenden, und meine Art wird nicht nur mich, sondern alle zufrieden stellen."

Wenn ich nun darüber nachdenke, meine ich, daß der Blick, mit dem er sich seiner Frau zuwendete, hätte schmerzlich genannt werden können. Ich bin mir dessen aber nicht sicher, da ich mir früher nicht vorstellen konnte und jetzt nicht vorstellen kann, wie er überhaupt schmerzlich blicken konnte. Sein Gesicht und sein Wesen scheinen mir zu schmerzlichen

Blicken nicht zu passen. Wie es aber nun auch sei, etwas Schmerzliches hat sich mir eingeprägt unmittelbar bei der Begegnung und nicht erst infolge späterer Ereignisse. Vielleicht, dachte ich für einen kurzen Moment, vielleicht habe ich ihn ganz falsch eingeschätzt.
Seine Frau sah ihn nur verwundert an, nickte mir gleichgültig zu und erinnerte ihn daran, daß sie noch zum Schultheißen wollten.
Kurze Zeit später traf ich den Herwald in den Weinbergen. Er erinnerte mich an meine Absicht, den Weinberg in Rüdesheim zu kaufen, und kam dann wieder auf sein Perspektiv zu sprechen. Er pries den Nutzen der Fernsicht, wie trefflich man unterrichtet sei, wenn man in die Ferne sehen könne. Alle Anschläge der Franzosen auf seinen Hof habe er so vereiteln können. Jetzt werde er sich wieder ganz der Sternenschau zuwenden und dabei so manchen Stern vom Firmamente holen, der sicher nicht daran dächte, in seinen Augen zu landen, wenn denn Sterne überhaupt dächten. Dabei lachte er hintergründig, und ich dachte, daß ich ihn immer weniger einschätzen könne; denn er hatte nun gar nichts von einem Propheten an sich und sprach über die Sterne, als ob es die Leute seiner Umgebung wären, über die er durch sein Perspektiv eine nicht ganz geheure Macht ausüben könne.
Sprach er wirklich von Sternen oder nannte er nur Sterne, was er da sah, und welche Macht war es, die er ausübte? Genauso hatte ich gedacht, als ich ihn nach dem Gespräch auf seinem Hofe verlassen hatte.
Was wußte er?
Wie benutzte er sein Wissen?
Wie sollte ich das erraten?
Ich hatte den Eindruck, daß er mit mir spiele. Ganz sicher würde er mir gezielte Fragen nicht beantworten. Es war besser, darauf zu warten, daß er unvorsichtig etwas zu viel sagen würde. Je mehr ich erstaunt schiene über seine Kunst, in die Ferne zu sehen, und je mehr ich mir den Anschein gäbe, über seine kryptischen Worte vergeblich nachzusinnen, desto

leichter könnte ihn seine Absicht, mich weiter zu verwirren, dazu verleiten, unvorsichtig zu sein. Ich beschränkte mich also darauf, verblüfftes Staunen zu zeigen und einige seiner Worte stotternd nachzumurmeln, so etwas wie Sterne, Firmament und Augen.
Er sah mich nachdenklich an, kam auf den Weinbergskauf zurück und meinte, ich müsse mich nun bald entscheiden, da er den Weinberg sonst anderweit zu veräußern gedenke. Die Entfernung, die er dorthin zu bewältigen habe, sei ihm zu groß, und seinem Schwager sei die Pflege des Weinbergs lästig.
Dann ging er weg.
So mußte ich nun doch mit Pater Anselm darüber reden, wie wir weiter vorgehen sollten. Ob ich mich auf den Ankauf dieses Weinbergs einlassen solle, nur um dem Herwald noch einige Male Gelegenheit zu geben, unvorsichtig zu sein?
Am Abend versuchte ich Ordnung in meine Gedanken zu bringen und nahm mir die Verdächtigen einzeln vor. Ich notierte mir, was mir bei einem jeden wichtig erschien.

Eiderhoff.
Er war verdächtig, weil ich in der Nähe des Tatortes seine Kutsche gesehen hatte, und weil sein Ring wahrscheinlich neben oder unter dem Feldstein gelegen hatte, mit dem der Jakob Sand erschlagen worden war.
Ein Beweggrund für den Mord könnte sein Streben nach Schätzen sein. Aber da war ich mir nicht sicher. Ich hatte den Eindruck, er strebe mehr nach dem Genuß der Überlegenheit bei einer geschäftlichen Verhandlung als nach dem Nutzen, den er davon haben konnte. Er schien mir auch zu kühl, als daß er sich für eine phantastische Schatzsuche hätte erwärmen können.

Frau Eiderhoff.
Sie hätte die Kutsche lenken können, wenn sie überhaupt eine Kutsche lenken konnte.

Mir schien verdächtig, daß sie bei seiner Heimkehr eilfertig versucht hatte, ihren Mann mit ihrer Stickerei davon zu überzeugen, daß sie zu Hause geblieben war, wenn das zutraf, was er gesagt hatte. Dieser Eifer schien mir verdächtig. Er konnte aber auch andere Gründe haben.
Hätte sie die Leiche in den Burghof tragen können, ohne Spuren zu verursachen?

Der hagere Herwald.
Er war sicher hinter dem Gelde her. Verdächtig machte ihn seine Beziehung zur Kräuterfrau. Er hätte die Leiche sicher tragen können. Aber hätten verwandtschaftliche Gefühle die Kräuterfrau dazu bewegen können, ihn zu schützen, wenn er einen Mord begangen hätte?
Ich sah ihn mehr in der Rolle des Zeugen, der noch nicht alles gesagt hatte, was er wußte. Vielleicht war ich voreingenommen durch sein Perspektiv.

Schulmeister Helfrich.
Er war jung und stark genug, die Leiche zu tragen, wenn er auch schmale Hände und zarte Finger hatte. Seine phantastischen Ideen könnten ein Täuschungsmanöver sein, mit dem er finstere Taten verdecken wollte. Er hätte sich vielleicht an dem Herwald vorbeischleichen können, ohne von ihm bemerkt zu werden.
Wenn er aber mit dem Jakob Sand gemeinsam einen Schatz gesucht hatte, und ein Zerwürfnis zu dem Mord geführt hatte, dann war es doch unklug, mir eine solche Geschichte zu erzählen. Es sei denn, er hätte mir einen weltfremden Phantasten vorspielen wollen, dem ein Mord nicht zuzutrauen sei.

Wolf Faber.
Er war mir nicht angenehm, aber deshalb konnte ich ihn schließlich nicht eines Mordes verdächtigen.
Er hätte auch die Kutsche fahren können, wäre dann aber

wohl in eine andere Richtung gefahren; denn er schien mir zur Zeit mehr an anderen Schätzen interessiert, als in der Ruine vielleicht zu finden waren. Seine kraftvoll gedrungene Gestalt ließen ihn für eine Gewalttat geeignet erscheinen. Sein Streben nach Reichtum und Ansehen konnten ein Beweggrund sein, sich auf eine Schatzsuche einzulassen.
Aber das waren alles Vermutungen, die mir vor allem meine Abneigung gegen ihn eingegeben hatte.

Der Amtskeller.
Ihn berücksichtigte ich nur der Vollständigkeit halber. Es wäre ihm wohl kaum möglich gewesen, sich sowohl an Herwald als auch an dem Schulmeister vorbei zu schleichen. Sonst fiel mir zu ihm nichts ein.

Als ich mir das so überlegte, wurde mir bewußt, daß ich zwar viele Verdächtige, aber keinen ausreichend begründbaren Verdacht hatte.

XII

Oskars Erleuchtung

In der Chronik des Herrn Haas ist über den Herbst im Jahre 1795 folgendes zu lesen: „Es gab wenig Wein, und der war mittelmäßig durch eine schlechte Blüte und das Kriegsvolk, welches die Trauben fraß. Alle Feldwege lagen voll unzeitiger Trauben, welche die Hessen-Darmstädter zwar abgeroppt hatten, aber nicht genießen konnten. Hierauf kamen die Franzosen, die in dem oberen Rheingau wenig übrig ließen, nach diesen die Kaiserlichen, denen auch die Trauben gut schmeckten."

Ich kann bestätigen, daß es so war. Die Traubenlese war fast überall in wenigen Tagen beendet. In Geisenheim fingen wir mit der Lese am 19. Oktober an, und am 21. Oktober war schon alles fertig.

Am 25. Oktober saß ich mit Pater Anselm zusammen im Kelterhaus des Klosters Johannisberg. Es war ein ungewöhnlich warmer Nachmittag, an dem wir uns gerne in das kühle Kelterhaus zurückgezogen hatten.

Mit Wehmut dachten wir daran, wie schnell auch die wenigen Trauben gekeltert worden waren, und wie lange uns in anderen Jahren die fröhliche Arbeit des Kelterns erfreut hatte. Der Most lag in den Fässern und brachte ihnen eine blubberige Rede bei, indem er die Gefäße der Gärverschlüsse auf und nieder gehen ließ.

Wir sprachen darüber, daß sich Eiderhoff durch seine jüngsten Geschäfte noch unbeliebter gemacht hatte, als er ohnehin schon war, da er nach dem Weingut in Martinsthal noch Weinberge anderer Winzer an sich gebracht hatte, die bei ihm geliehenes Geld nicht zurückzahlen konnten. Es wurde gesagt, er habe alle Trauben zum Keltern nach Martinsthal bringen lassen, da sie ihm dort in einiger Entfernung vom Rhein sicherer schienen als in Geisenheim. So war der Keller in Martinsthal nun wohl gefüllt.

Wir sprachen gerade darüber, ob die Weine im oberen Rheingau tatsächlich weniger gefährdet seien als hier bei uns, als Oskar in die Halle gelaufen kam, aufgeregt mit den Armen rudernd. Er sah aus, als sei er den ganzen Weg von Geisenheim herauf gelaufen.

„Ihr habt recht gehabt", rief er.
„Ich gebe es zu!
Es war Mord!
Mord war es!
Natürlich war es Mord. Ganz richtig!
Aber ich kenne den Mörder!
Eiderhoff war der Mörder!
Er hat den Jakob Sand und auch die Kräuterfrau umgebracht!
Eiderhoff war es!"

Grandpatte, der aus seinen Träumen geschreckt war, sah ihn erstaunt an.

Oskar setzte sich auf eine umgestülpte Weinbütte, die allerdings keinen festen Sitz bot, da sie Haltegriffe hatte, die über den Büttenrand ein wenig emporgewölbt waren. So schaukelte er langsam hin und her und wartete auf unsere Fragen, was ihm nur mühsam gelang, da er ganz angefüllt war mit seinem Wissen und dem, was er selbst sich dazu ausgedacht hatte.

Pater Anselm erbarmte sich.

„Woher willst du das wissen?"

Da fing er an, und hastig, in kurzen Sätzen sprechend, erzählte er, wie er auf dem Marktplatz in Geisenheim einen befreundeten Winzer getroffen hatte, der unmittelbar vorher aus Martinsthal gekommen war und wußte, daß Eiderhoff in seinem Keller dort Selbstmord begangen hatte.

„Jetzt hat er zum Schluß sich selbst ermordet. Warum sollte er sich selbst ermorden, wenn er nicht an den Morden schuld gewesen ist? Den Ring hat er am Finger getragen. Den Ring, der ihn uns verraten hat. Er wußte, daß wir ihn überführen würden, früher oder später. Er konnte uns nicht entwischen."

Etwas ruhiger werdend, erklärte er dann, der Eiderhoff sei im Keller liegend gefunden worden. Ein Knecht habe ihn gefunden, nachdem ihn seine Frau die ganze Nacht über vermißt hätte und bereits in großer Sorge gewesen sei, aber nicht gedacht habe, daß er tot im Keller liegen könne.
Er habe da gelegen wie einer, dem plötzlich übel wird, und der zusammenbricht, zuerst in die Knie und dann vornüber fällt. Diesmal sei die Lage ganz natürlich gewesen. Da sei keine Kräuterfrau gekommen und habe seine Beine ausgerichtet, um auf einen Mord hinzuweisen. Nur er selbst sei im Keller gewesen, das stehe fest. Zuerst sei es ein Rätsel gewesen, wie er zu Tode gekommen sei; denn die Leiche habe keine Zeichen von irgendeiner Todesursache gezeigt. Da sei einem der Knechte das Weinglas aufgefallen, das halb geleert auf einem Faß gestanden habe. Die Flüssigkeit im Glas habe verdächtig ausgesehen, gar nicht wie Wein oder Wasser, und da habe der Schultheiß gemeint, es könne vielleicht Gift sein. So sei ein Versuch mit einem Hund gemacht worden, der sofort nach dem Genuß der Flüssigkeit verendet sei.
Ich dachte daran, daß er gesagt hatte: 'Ich werde diese Geschichte schon auf meine Art beenden, und meine Art wird nicht nur mich, sondern alle zufrieden stellen.' Ob das nun das Ende war, das alle zufrieden stellen sollte?
Er wolle einräumen, sagte Pater Anselm, daß ein solcher Selbstmord zuweilen als Eingeständnis einer schlimmen Tat angesehen werden könne. Er wolle aber gerne erfahren, ob Oskar auch wisse, warum Eiderhoff den Sand umgebracht habe.
Da lachte Oskar gutmütig, denn diese Frage hatte er erwartet. Natürlich war es der Goldschatz. Den hatte Eiderhoff entdeckt, und als Sand dazu kam und einen Teil davon haben wollte, hat er ihn umgebracht.
Wie er das nun wieder wissen wolle?
Er wisse, daß der Eiderhoff mit einem großen Schatz nach Martinsthal gereist sei, denn er habe einen ganzen Trupp aus seinen Leuten zusammengestellt, die er auch bewaffnet habe,

damit sie ihn dorthin begleiten und auf dem Wege schützen sollten. Das sei ein deutliches Anzeichen dafür, daß er einen Schatz befördern wollte. Den habe er bestimmt in dem Keller dort versteckt. Die Obrigkeit und auch seine Witwe hätten ihn nur deshalb noch nicht gefunden, weil sie noch nicht danach gesucht hätten. Wahrscheinlich werde die Witwe auch allein danach suchen wollen, denn die Obrigkeit könnte doch leicht gewillt sein, den gefundenen Schatz durch Such- und Finde- und Schatzsteuern und Gebühren merklich zu verkleinern. Wenn der Schatz gefunden sei, dessen sei er sich sicher, werde er aus verschiedenen Goldmünzen bestehen wie Rädergulden und Friedrichsdor, von denen der Schulmeister erzählt habe.

Das sei nun aber noch kein so schlüssiger Beweis, wandte ich ein, da er sich noch auf mehrere Unbekannte stütze.

Er stütze sich auch auf Bekannte, rief er da. Der Ring gebe ein sicheres Zeugnis, denn die Geschichte, die Eiderhoff mir über den Ring erzählt habe, sei doch lächerlich und ganz sicher falsch.

Jeder wisse doch, und er wundere sich, daß ich nicht daran gedacht habe, jeder wisse, daß Eiderhoff in der letzten Zeit, ob aus Sorgen oder weil er weniger gegessen habe, magerer geworden sei. Jeder wisse ebenso, daß ein magerer Bauch mit mageren Fingern zusammengehe. So habe er also eine lange Zeit den Ring gut tragen können, da er ihm gepaßt habe. Als er dann magerer geworden sei, habe der Ring immer weniger gepaßt, und da er nicht plötzlich, sondern langsam magerer geworden sei, habe er das gar nicht bemerkt. Der Ring sei zuerst nur ein bißchen, dann aber immer mehr am Finger hin und her und schließlich in der Aufregung des Mordes über das Fingergelenk hinausgerutscht, das ihn so lange noch gehalten hätte. Da habe er ihn verloren und habe es nicht bemerkt, weil er damit beschäftigt gewesen sei, den Mord wie einen Unfall erscheinen zu lassen.

„Und die Kräuterfrau?", fragte Pater Anselm.

Da blitzte Triumph in Oskars Augen.

„Die Kräuterfrau hat ihn nicht verraten, weil sie ihm zu Dank verpflichtet war. An diese einfache Erklärung habt ihr nicht gedacht, weil ihr immer die schwierigen Erklärungen sucht und zu viel überlegt, was zu einem Charakter passen könnte. Da meint ihr, es könne zu dem Charakter eines harten Geschäftsmannes und Mörders nicht passen, daß er eine arme Kräuterfrau, die den Menschen nur Gutes tut, ohne etwas dafür zu verlangen, mit glänzendem Gold unterstützt.
Es war aber so.
Das habe ich jetzt erfahren. Es geht aus einem Brief hervor, den die Kräuterfrau dem Eiderhoff geschrieben, den sie aber nicht mehr abgeschickt hat. Der Schultheiß in Rüdesheim hat diesen Brief gerade zur rechten Zeit gefunden. So ist das Rätsel der beiden Morde nun von mir gelöst worden."
„Und wie paßt die Geldgier, die ihn zum Mord getrieben haben soll, zu seiner Mildtätigkeit?"
Er sah uns an.
„Sollten das nur die Almosen eines reichen Mannes gewesen sein, mit denen er sich über andere erhebt, die ihm erst den Genuß verschaffen, sich richtig reich zu fühlen?"
Ich überlegte. Würde das zum Genuß der Überlegenheit bei Geschäftsgesprächen passen?
Ich fand, daß Oskars Darstellung zwar noch einige Schwächen hatte, im ganzen aber doch recht plausibel war.
Pater Anselm blieb skeptisch. Er sagte, wir sollten bedenken, daß wir es mit einem Mörder zu tun hätten, der nachgerade Übung darin habe, einen Mord anders erscheinen zu lassen, als er wirklich gewesen sei. Wenn er einen Mord als Unfall erscheinen lassen könne und einen anderen so wie einen Tod durch einen Soldatenüberfall, dann werde er doch sicher auch in der Lage sein, einen Mord wie einen Selbstmord erscheinen zu lassen.
„Bei diesem Mörder hat der Mord viele Kleider!"
„Übrigens", fügte er hinzu, „hatte Eiderhoff genug Gold, das er nach Martinsthal schaffen konnte, auch ohne den sagenhaften Schatz gefunden zu haben!"

Als er dann sagte, es passe nicht zum Charakter eines Geschäftsmannes, wie Eiderhoff einer gewesen sei, daß er die Welt verlasse, freiwillig verlasse, ohne eine Bilanz zu ziehen, er hätte bei einem Selbstmord Eiderhoffs ein Abschiedsschreiben erwartet, in dem dieser seine Taten oder seine Untaten erklärt hätte.
Da wurde Oskar ernstlich böse. Er stand auf und verließ uns. Grandpatte trottete hinter ihm her. Er fühlte wohl, daß Oskar des Trostes bedürftig sei.

Der Pater und ich, wir sprachen noch eine Weile über den Tod des Eiderhoff, und daß wir auch ihn vielleicht zu voreilig falsch eingeschätzt hätten. Ich erzählte ihm von meinem letzten Gespräch mit ihm und deutete den schmerzlichen Blick als Vorankündigung des Selbstmordes. Da meinte Pater Anselm, schmerzlich könne dem Herrn Eiderhoff auch aus einem ganz anderen Grunde zumute gewesen sein.
Ich fragte, ob er da etwas wisse.
Er antwortete, er wolle mich nur auf diese Möglichkeit aufmerksam machen.
Auf dem Heimweg überlegte ich mir wieder einmal, ob er nicht mehr wußte, als er mir gesagt hatte. Er war immer sehr vorsichtig mit Äußerungen, wenn er etwas nicht genau wußte, sondern nur ahnte.

Mir kam der Schulmeister wieder in den Sinn. Irgend jemand hatte mir einmal erzählt, daß dieser mit einer Familie in Martinsthal verwandt sei.

XIII

Spitze Argumente

Wie zwei Jahre zuvor die Österreicher und Preußen, so hatten in diesem Jahr die Franzosen rings um Mainz Verschanzungen angelegt. Für diese grimmigen Konstruktionen hatten die französischen Ingenieuroffiziere ihre ganze Kunst aufgeboten und elf Monate lang gearbeitet. Trotzdem gelang es den Franzosen nicht, Mainz zu erobern. Am 29. Oktober machten die Deutschen vielmehr früh am Morgen um 6 Uhr einen mutigen Angriff auf die französische Linie und hatten die dreifach gestaffelten Schanzen schon um 9 Uhr erstürmt. Die Franzosen mußten sich so schnell nach Westen zurückziehen, daß sie viele ihrer Geschütze, Bombenböller, Haubitzen und Kanonen sowie Munitionskarren und Belagerungsmaschinen vor Mainz liegen lassen mußten.

Das fanden wir ja ganz schön, da wir glaubten, der Krieg zöge nun wieder weiter in die Ferne. Weniger angenehm fanden wir, daß viele Landleute aus der Umgebung nach Mainz gebracht wurden, damit sie dort die Verschanzungen in mühevoller Arbeit wieder demolieren sollten. So wurde uns auch das Siegen lästig, und es zeigte sich, daß der Krieg allemal unersprießlich ist, sogar wenn er mit einem Sieg endet. Wir, die im Rheingau übrig blieben, hatten in diesen Monaten viel zu arbeiten, da wir die Arbeiten für die nach Mainz gezogenen Schanzendemolierer mitverrichten mußten.

Sooft es eben ging, eilte ich des Abends zu Maria. Immer noch oft genug, wenn man Herrn Leberlein gefragt hätte. Maria und ich waren da ganz anderer Ansicht.

Erst im Dezember fand ich wieder Zeit, nach Johannisberg hinaufzugehen, um Pater Anselm zu besuchen. Um die Morde hatte ich mich gar nicht mehr kümmern können.

Den Pater entdeckte ich nach einigem Suchen in den hinteren Kellerräumen. Er war damit beschäftigt, eine alte, wichtige

Regel zu beachten. Diesmal war es nicht die Regel des heiligen Benedikt, sondern die des großen Kaisers Karl, der seinen Kellermeistern geboten hatte, die neuen Weine oft zu proben und zu prüfen, wann die rechte Zeit zum Abstich gekommen sei.
Er schritt mit dem Heber von Faß zu Faß und nahm kleine Proben, die er bei Kerzenlicht sehr sorgfältig betrachtete und dann kostete.
Ein Heber ist ein Glasrohr, das in der Mitte gleichmäßig dick, an beiden Enden aber etwas dünner gefertigt ist. Wenn man dieses Glasrohr durch das Spundloch von oben in den Wein hineinsticht, dabei die obere Öffnung des Rohres offen lassend, und dann die obere Öffnung mit dem Daumen verschließt und das Rohr wieder herauszieht, bleibt der Wein, der von unten in das Rohr eingedrungen ist, im Rohr stehen. Man kann den Wein im Rohr aus dem Faß heben und dann in ein Glas füllen, indem man den Daumen von der oberen Öffnung nimmt und Luft einströmen läßt.
Eine friedvolle Tätigkeit ist das, bei der man mit den Fässern und Weinen vertraut wird. Nach einer Weile erscheinen sie wie gute Freunde, die da in der Dunkelheit des Kellers auf den Meister warten, und es kann vorkommen, daß einer anfängt, mit ihnen zu sprechen, und ihnen seine Sorgen anvertraut. Es gibt Winzer, die meinen, das fördere den Wohlgeschmack des Weines. Dieser Auffassung kann ich mich nicht anschließen. Ich meine, die pflegliche Behandlung, die ein Winzer seinem Wein angedeihen läßt, wenn er in ihm einen Freund sieht, die ist es, die den Wohlgeschmack fördert.
Wir waren bald wieder in ein Gespräch über den Tod des Eiderhoff vertieft. Pater Anselm meinte, wenn einer allein in einem Raum tot aufgefunden werde, in dem auch ein Glas mit einer giftigen Flüssigkeit stehe, dann denke natürlich jeder zuerst an einen Selbstmord. Das sei aber zu eng gedacht. Man müsse doch sehen, daß es da drei Möglichkeiten gebe.
Entweder handele es sich um einen Selbstmord, oder der Tod sei ein natürlicher Tod gewesen und sehe nur so aus wie ein

Selbstmord, oder der Tod, natürlich oder nicht, solle so aussehen wie ein Selbstmord. Er denke bei dieser Möglichkeit eher an einen unnatürlichen Tod, also an einen Mord, da es schwerlich einen Grund gäbe, einen natürlichen Tod so aussehen zu lassen wie einen Selbstmord.

Wie er diese Möglichkeiten sähe, fragte ich, und bereute es schon ein wenig, gefragt zu haben, bevor ich noch die Frage ganz ausgesprochen hatte, denn Pater Anselm gelingt es zuweilen, sehr ausführliche und in ihrer Ausführlichkeit verwirrende Erklärungen abzugeben. Ich sah ihm an, wie er sich über meine Frage freute. Er legte den Heber hin und stellte das Glas oben auf den Faßrand, um beide Hände frei zu haben. Das macht er manchmal, wenn er etwas besonders genau erklären will, da er wohl glaubt, sich so besser konzentrieren zu können.

Bei der ersten Möglichkeit, dem Selbstmord, habe der Tote vor seinem Tod von dem Gift getrunken und sei daran gestorben. Bei der zweiten Möglichkeit habe der Tod mit dem Gift überhaupt nichts zu tun. Bei dieser Möglichkeit habe der Tote vor seinem Tod das Gift auf den Tisch gestellt, um es zu benutzen, vielleicht um einen anderen zu ermorden, oder auch um eine bestimmte Arbeit zu verrichten, denn Gifte seien nicht nur zum Vergiften da, es gebe auch Gifte, mit denen man Experimente machen oder vielleicht alte Münzen säubern könne. Die nenne man dann aber gar nicht Gift, sie trügen ganz harmlose Namen und seien giftig nur gleichsam nebenbei. Eiderhoff sei dann nicht mehr dazu gekommen, die geplante Arbeit auszuführen. Ein plötzlicher Tod habe ihn vorher überrascht.

„Der Schlagfluß vielleicht", fügte er nachdenklich hinzu, „obwohl der Herr Eiderhoff nicht so aussah wie einer, bei dem ein Schlagfluß zu befürchten ist."

Diese zweite Möglichkeit sei sehr reich an weiteren Möglichkeiten, die sowohl die Arten plötzlicher Tode als auch die vielen Zwecke betreffen könnten, zu denen das Gift bereitet worden sei. Diese weiteren Möglichkeiten wolle er

jetzt nicht aufzählen, das sei wenig förderlich, da es mich verwirren könne, und weder der Tote noch das Gift genauer untersucht worden seien.
Bei der dritten Möglichkeit sei Eiderhoff durch Mord zu Tode gekommen, und das Gift sei nur deshalb auf den Tisch gestellt worden, um den Tod als Selbstmord erscheinen zu lassen.
„...und ich will dir auch sagen, warum es so wichtig ist, alle diese Möglichkeiten zu bedenken. Nur wer die Möglichkeiten bedenkt, denkt auch daran, den Toten etwa nach Zeichen des Schlagflusses zu untersuchen und zu prüfen, welcher Art das Gift ist und zu welchem Zwecke geeignet. Nur wer daran denkt, daß der Mörder, der den Mord als Selbstmord darstellen will, erreichen muß, daß die Flüssigkeit geprüft und als Gift erkannt wird, der wird fragen, wer zuerst darauf aufmerksam gemacht habe, daß die Flüssigkeit geprüft werden müsse. Ob das wirklich der Schultheiß war? Aber daran hat natürlich keiner gedacht, und jetzt ist es zu spät, danach zu fragen.
Wahrscheinlich war es ein Mord.
Also haben wir nun drei Morde, aber bisher noch immer keinen rechten Ansatzpunkt für Nachforschungen. Vielleicht ist mit Eiderhoff der zweite wichtige Zeuge umgebracht. So bleibt uns für's erste nur der Herwald, und das ist ein zweifelhafter Punkt, sich daran festzuhalten."
Er seufzte und nahm wieder den Heber in die Hand.
Er ging zum nächsten Faß. Da ich aber, von seinen klärenden Ausführungen ganz überwältigt, stehen blieb, drehte er sich um, und dann sagte er: „Eigentlich, meine ich, eigentlich ist Eiderhoff einen ganz falschen Tod gestorben. Wenn ein Winzer im Herbst, einige Tage nach der Traubenlese, im Keller stirbt, dann handelt es sich fast immer um einen Unfall, meistens um einen Unfall aus Leichtsinn und nicht um einen Mord oder Selbstmord! Denke an die Gärung und die erstickenden Dünste, die dabei entstehen. Mein Freund, der Geheimrat aus Weimar, hat einmal gesagt:

'Doch im Keller wird's bedenklich,
Dem Gefäß entquillt ein Schaum,
und erstickend ziehn verfänglich
Dünste durch den düstern Raum!'"
Während des Sprechens war er, zu mir zurückschauend, weiter gegangen und unversehens über eine niedere Bütte gestolpert, die im Wege stand. Hätte ich ihn nicht noch am letzten Zipfel der Kapuze fassen können, wäre er samt Heber und Glas zwischen die Fässer gefallen.
„Ich hätte, unmittelbar nachdem wir die Nachricht von dem Tode Eiderhoffs erhalten hatten, nach Martinsthal eilen sollen, um alle Beteiligten zu befragen!", sagte ich.
„Das wäre auch schon zu spät gewesen. Ich glaube nicht, daß du mehr hättest erfahren können, als wir jetzt ohnedies wissen. Die Spuren des Mordes, wenn es wirklich einer war, wären verwischt gewesen, und wer etwas wußte, hätte es längst gesagt gehabt, und wenn er es nicht schon gesagt gehabt hätte, hätte er es dir auch nicht gesagt."

Oskar kam, er war in Winkel gewesen und hatte mit allerlei Leuten gesprochen und gehört, wie es dort zugegangen war, als die Franzosen kamen. In Geisenheim hatten wir erlebt, wie sie Leute verfolgt und nach ihnen geschossen hatten. Von den anderen Rheingauorten hatten wir wenig gehört, so lauschten wir seinem Bericht mit einigem Interesse. Es waren aber nur die üblichen Geschichten, die er erzählte. In Mittelheim habe ein Chasseur einen anderen vom Pferde gestochen. Der sei tot auf der Straße liegen geblieben. Ein anderer Chasseur habe von einem Manne Geld verlangt und ihm drohend das Bajonett auf die Brust gerichtet. Da habe dieser beherzt zugegriffen, dem Franzosen das Gewehr aus der Hand gerissen und über den Kopf geschlagen. Der Franzose habe daraufhin auf Geld und Gewehr verzichtet und sei geflohen, stracks zum Tor hinaus.
Er erzähle uns das, weil er es gehört habe, und weil wir es wissen wollten, fügte er hinzu.

„Ich glaube solche Geschichten nicht, solange ich nicht selbst gesehen habe, wie der Mittelheimer zugegriffen hat."
Wenn er es selbst gesehen habe, brauche er das nicht mehr zu glauben, bemerkte ich.
Pater Anselm aber meinte, so einfach sei das nicht, denn der Glaube stünde vor dem Sehen und Erkennen. Man könne zwar vieles sehen, aber man könne es nicht erkennen, solange man das, was man sehe, nicht kenne. Das Kennen aber habe wieder viel mit glauben zu tun.
Die kleinen Kinder sähen viele Dinge, müßten sie aber erst kennen lernen, bevor sie erkennen könnten, was da vor ihren Augen sei. Das könne auch uns in einem fremden Land geschehen, wenn wir dort Dingen begegneten, die uns nicht vertraut seien. Ein römischer Legionär, der in unsere Zeit käme, könne wohl ein Gewehr sehen, er sähe es aber doch nicht richtig, da er es nicht erkennen könne. Er könnte es wohl für einen mißlungenen Spazierstock oder eine Keule halten. Viele Dinge aber kennten wir nicht aus eigener Erfahrung und eigenem Wissen, sondern aus dem Wissen von anderen, denen aber müßten wir glauben. Wenn Oskar gesehen hätte, wie der Mittelheimer dem Chasseur das Gewehr entriß, dann hätte er ohne weitere Kenntnisse nichts weiter erkannt, als daß da zwei bewegliche Wesen etwas mit einem starren Wesen unternommen hätten. Um zu sehen, daß das eine Wesen ein Chasseur gewesen, das andere aber ein Mittelheimer, dazu bedürfe es schon vieler Kenntnisse, die zum größten Teil dadurch erworben seien, daß man anderen geglaubt habe. Ich könne folglich auch nicht so einfach sagen, wenn man etwas sähe, brauche man es nicht mehr zu glauben. Denn mit sehen habe ich doch sicher sehen und erkennen gemeint, dem gingen aber sicher kennen und glauben voraus. Das solle ich bedenken und, wenn es darauf ankomme, auch die Worte 'sehen' und 'erkennen' an der rechten Stelle benutzen und nicht 'sehen' sagen, wenn ich 'erkennen' meine.
Ich sah ihn erstaunt an, da er sich, was bei ihm selten vorkommt, richtig ereifert hatte.

Natürlich komme es vor, wahrscheinlich viel zu oft, daß man etwas sähe, aber falsch erkenne, weil man etwas Falsches kenne, glaube oder zu kennen glaube. Das solle man immer überlegen, wenn man etwas sähe und zu erkennen glaube.
Er hatte sich ganz mir zugewendet und mir war, als ob er noch mehr sagen wollte, vielleicht Oskars wegen aber darauf verzichtete.
Schließlich sagte er noch, sein Freund, der geheime Legationsrat Goethe habe sicher recht, wenn er sage, man solle nicht alles glauben, was man sähe.

Am Abend wollte ich Maria von glauben, sehen, wissen und erkennen erzählen, als ich aber bei ihr war, vergaß ich Pater Anselms philosophische Anwandlungen, denn sie sagte mir, ihr Vater sei nach Geisenheim gegangen und werde erst spät in der Nacht wiederkommen.

XIV

Ein mörderisches Wetter

Es war, als ob Sankt Peter im Himmel mit den Jahreszeiten gespielt und dabei den Winter verloren hätte. Nachdem es im vorigen Jahr so kalt war, daß vielen Soldaten Hände und Füße, Nasen und Ohren erfroren, manche Soldaten sogar durch den starken Frost zu Tode kamen, so kalt, daß schon zu Weihnachten Eisschollen auf dem Rhein trieben, die immer größer wurden und sich schließlich am dritten Januar in Winkel stellten, so daß der Rhein zufror, nachdem wir also im vorigen Jahr viel Brennholz verbrauchen mußten, um überleben zu können, fiel der Winter in diesem Jahr ganz aus. Es war sehr mild, und mit einem kleinen Feuerchen konnte man große Räume erwärmen.
Wir hatten ruhige Weihnachtstage, in denen wir vom Kriege nichts merkten. Am zweiten Weihnachtstage hatte Maria Besuch von ihrer Freundin Nausikaa aus dem Kloster Gottesthal.
Kaum war sie eingetroffen, da fand sich auch der emsige Faber ein unter dem Vorwand, mit Herrn Leberlein ein Gespräch über eine Grenze zwischen zwei Weinbergen führen zu müssen, die in einem ungünstigen Bogen verlief. Er wollte eine gerade Grenze aushandeln, da dies doch für beide vorteilhaft wäre. Er erzählte, daß er von Eiderhoffs Witwe mit der Aufgabe betraut sei, die Geschäfte weiter zu führen. Sein Gespräch mit Herrn Leberlein hatte er bald beendet. Er kam zu uns und stritt ein wenig mit Nausikaa über den Gleichklang ihrer Seelen.
Mich beachtete er kaum.
Auch Maria wendete er sich nur selten zu.
So saßen wir beide etwas zurückgelehnt auf dem kleinen Sofa und beobachteten das Gespräch, das locker dahin wanderte, wobei die beiden Gesprächspartner eine gewisse schickliche Entfernung voneinander nicht unterschritten. Ich sah aller-

dings, daß ihre Augen sich näher waren, als ich noch schicklich zu nennen bereit war. Sah ich das, oder glaubte ich das, oder erkannte ich das...?

Nausikaa erklärte schließlich, daß sie sich verabschieden müsse. Da bot Faber an, sie nach Gottesthal zu bringen. Soviel Zeit könne er sich nehmen. Nausikaa lehnte den Vorschlag mit mehr Unwillen ab, als mir nötig schien.

„Da haben uns die beiden ein törichtes Theater vorgespielt", meinte ich, „vor uns brauchen sie ihr Liebesverhältnis doch nicht zu verbergen!"
„Glaubst du noch immer, die beiden seien verliebt?"
„Das kann man doch leicht sehen. Ich sehe das an ihren Blicken, die trügen weniger als ihre Rede."
„Was du alles siehst und zu erkennen glaubst! Ich weiß nicht, Karl, hat dich das Perspektiv oder hast du dich selbst betrogen? Du solltest nicht einfach glauben, was du zu erkennen glaubst."
„Jetzt sprichst du schon wie ein geheimer Legationsrat!", sagte ich da, und verschloß ihr den Mund.

Auch im Januar war es ungewöhnlich mild. Anfangs Februar sah man schon die Mandelbäume und auch die Aprikosen blühen.
Ende Februar hatte dann Sankt Peter endlich den Winter gefunden, der ihm entfallen war, und schickte ihn hinab zu uns auf die Erde mit verheerenden Folgen.

Anfangs Januar hatte ich den hageren Herwald zufällig in Geisenheim getroffen. Er schien mir an dem Verkauf seines Weinbergs in Rüdesheim wenig interessiert zu sein. Er hatte nur kurz bemerkt, ich könne ihn nicht mehr länger für unwissend halten. Er wisse jetzt, daß ich den Unglücksfall des Jakob Sand für einen Mord halte. Das sei aber nun nicht mehr wichtig, da der Mörder, er meinte offenbar Eiderhoff, nun

durch Selbstmord geendet habe. Ich solle also gefälligst weitere Nachforschungen unterlassen.
Trotz seiner ablehnenden Haltung hatte ich gedacht, es sei notwendig, noch einmal in Ruhe mit ihm zu reden, und wenn ich eines Vorwandes nicht mehr bedürfe, könne das Gespräch vielleicht offener geführt werden.
So war ich in den letzten Tagen des Januar nach Oestrich gegangen, um Herrn Herwald aufzusuchen, hatte ihn aber nicht angetroffen. Seine Frau sagte mir, er sei in der letzten Zeit nur noch selten zu Hause. Er wolle alle seine Weinberge verkaufen oder verpachten, da er einen anderen Beruf entdeckt habe, der ihm viel mehr Freude bereite, der ihm wohl auch mehr Geld einbringe.
Er sei Entdecker geworden. Er entdecke die Unmoral und erhebe auf sie eine Sondersteuer. So habe er das genannt und dabei gelacht, aber mit finster zusammengezogenen Augenbrauen. Es sei ihr ganz unheimlich gewesen. Das Teufelszeug, das Perspektiv, das führe er jetzt immer mit sich. Sie wisse auch nicht, wann er wiederkommen werde.

Ende Februar also wurde es bitter kalt. Am 29. Februar war es am kältesten. Man fand zwischen Schierstein und Walluf einen Mann, der erfroren war. Er hatte die Mahnung nicht beachtet, nach der sich, wer bei heftiger Kälte über's Feld gehen oder verreisen müsse, vor Wein und Branntwein hüten und statt dessen Essig trinken solle; denn er führte sowohl eine Flasche Wein als auch eine Flasche Branntwein mit sich, beide in fast leer getrunkenem Zustand.
Wir erfuhren erst einige Tage später, daß es der Herwald war, der da erfroren war. Als Pater Anselm davon hörte, daß zwei fast leere Flaschen neben dem Toten gelegen hätten, sagte er, das sei die Übertreibung, die die ganze Geschichte falsch erscheinen lasse. Kein halbwegs vernünftiger Mann schleppe zwei fast leere Flaschen mit sich herum. Und als Oskar meinte, die habe er wohl unterwegs so weit geleert, erklärte er, auch das tue keiner, der seine Sinne noch beisammen habe.

Wenn er betrunken gewesen sei, dann sei er in trunkenem Zustand losgeritten, woher er auch immer gekommen sei. Wo man das Pferd gefunden habe, wollte er dann wissen.

Als wir keine Antwort darauf zu geben vermochten, fragte er, ob ich nicht vielleicht wieder einmal meine Eltern in Martinsthal besuchen wolle.

Walluf liegt sehr nahe bei Martinsthal, und so dachte er natürlich, ich könne dort vielleicht etwas über diesen plötzlichen Tod des Herwald erfahren, zumal ja dort in seinem Keller auch der Eiderhoff gestorben war.

Wenn wir schon einen Zusammenhang zwischen den beiden Toden sahen, war es naheliegend, Anhaltspunkte für eine Aufklärung in Martinsthal zu vermuten.

XV

Der rote Faden

Wenn einmal keine Kugeln von der anderen Rheinseite her zu befürchten sind, ist es erholsam, von Geisenheim am Rhein entlang nach Erbach und dann zwischen der Stadt Eltville, in der die Mainzer Erzbischöfe so häufig residierten, und dem Dorfe Kiedrich, berühmt durch seine gotische Kirche und die Pflege des gregorianischen Chorales, hinauf zu reiten in die Rheingauberge. Man reitet schräg durch die Weinberge hinan, bis man eine lieblich gerundete, dem Bergstock vorgelagerte Anhöhe erreicht, das Köpfchen genannt. Von dort aus erst kann man das Dorf Martinsthal sehen. Seine Häuser sind zum größten Teil auf der linken Seite eines Baches hinter den Resten des alten Gebücks versteckt, einer riesigen, rings um den Rheingau gezogenen Buchenhecke, die in früheren Zeiten einen undurchdringlichen Schutzwall bot, dort wo das kleine Land den natürlichen Schutz des breit dahin fließenden Stromes vermissen mußte. So war der Rheingau rings umfriedet von Wasser und Wald.

Gut ließ es sich damals hier leben, da keiner befürchten mußte, der Früchte seines Fleißes durch Soldaten beraubt zu werden. Die Rheingauer selbst hatten eine wohl ausgebildete Wehr mit einem tapferen Hauptmann, und der Erzbischof in Mainz war stark genug, ihnen zu Hilfe zu eilen, wenn sie einmal in Not geraten sollten.

Jetzt bot uns das Gebück keinen Schutz mehr, und der Rhein war nicht breit genug, die Kugeln der neuerfundenen Schießwerkzeuge abzuhalten. Die Rheingauer Wehr war aufgelöst, und der letzte Hauptmann schon vor vielen Jahren gestorben, und der Erzbischof in Mainz?

Der konnte sich selbst nicht helfen.

Als die Wehr aufgelöst wurde, gedachten die Bürger, das viele Geld für deren Unterhalt sparen und nützlich anlegen zu können. Wie töricht war das doch, wenn man bedenkt, daß

uns eine eigene Wehr viel weniger gekostet hätte als die fremden Kriegsleute, die uns jetzt schützen sollten, und wie viel besser uns eine eigene Wehr beschützt hätte. Da braucht man die Schäden, die durch die Franzosen entstanden sind, gar nicht zu rechnen.
Ob wir Rheingauer in späteren Zeiten klüger sein werden? Wahrscheinlich ist es einfacher, in schweren Tagen den Gleichmut zu bewahren, als sich in glücklichen Tagen schlimme Zeiten auch nur vorzustellen und entsprechend vorzusorgen.

Mein Eifer, die Morde aufzuklären, wurde merklich gedämpft, als ich das Pferd des Herwald, ich hatte es an dem sternförmigen rötlichen Fleck auf der rechten Seite seines Halses erkannt, im Stall meines Vaters sah. Er erklärte mir, das Pferd sei in der Nacht vom 29. Februar auf den 1. März von Walluf her in das Dorf gekommen. Er sei aufgestanden und in die Kälte hinausgegangen, weil die Pferdehufe ein so merkwürdiges Geräusch gemacht hätten, ein hartes, steifes Trampeln, anders könne er das nicht beschreiben. Das Pferd sei in der Kälte fast erstarrt gewesen. So habe er es zunächst einmal in seinen Stall eingestellt. Am nächsten Tag habe er dem Schultheißen Bescheid gesagt. Der aber hätte keinen gefunden, der das Pferd erkannt hätte.
In der Satteltasche hätten sie nichts gefunden außer dem Perspektiv eines französischen Offiziers. Das hätten sie erkannt, weil auf dem Sonnenschutz des Perspektivs der Name dieses Offiziers und sein Rang eingraviert seien. Sie hätten natürlich angenommen, daß auch das Pferd diesem französischen Offizier gehöre, dem es wohl bei irgendeiner beunruhigenden Kriegshandlung entlaufen sei.
Der Schultheiß hätte bestimmt, daß er, da er es gefunden habe, das Pferd bis auf weiteres behalten und nutzen könne. Das Perspektiv hätte der Schultheiß mitgenommen ins Rathaus. Er hätte gemeint, es könne Verwendung finden bei der Ausrüstung eines Wächters, wenn Ungemach zu erwarten sei.

An einen Herrn Herwald aus Oestrich hätte keiner gedacht. Sie hätten zwar davon gehört, daß ein Mann zwischen Schierstein und Walluf erfroren sei. Sie hätten aber das Pferd mit diesem Manne nicht in Verbindung gebracht, da sie angenommen hätten, der Mann sei mit seinen Flaschen zu Fuß unterwegs gewesen. Wer könne sich auch schon vorstellen, daß ein Reiter im Rheingau erfrieren könne!

Warum sollte ein Oestricher, der zwischen Schierstein und Walluf tot aufgefunden werde, aus Martinsthal gekommen sein? Der Weg von Martinsthal nach Oestrich führe ja schließlich nicht nach Walluf, sondern zwischen Eltville und Kiedrich an den Rhein.
Warum das Pferd nach Martinsthal gelaufen sei, könne er sich nicht erklären. Wahrscheinlich sei es durch die Kälte verwirrt worden, sei in Panik geflohen und so nach Martinsthal gelangt.

Wo sollte ich nun mit meinen Fragen beginnen, nachdem der Schultheiß schon überall gefragt hatte, nachdem alle behauptet hatten, das Pferd noch nicht gesehen zu haben? Wer wäre da bereit, mir eine andere Antwort zu geben? Ich mußte erkennen, daß wir, Pater Anselm und ich, am Ende waren. Wir hatten den ersten Mord nicht aufklären und die weiteren Morde nicht verhindern können, trotz meiner Anstrengungen und aller klugen Gedanken, die Pater Anselm an dieses Problem gewendet hatte.

Anderntags ging ich mit meinem Vater durch die Weinberge, um zu sehen, welche Schäden der Frost angerichtet hatte. In einigen Weinbergen waren fast alle Bogreben erfroren. In den Weinstöcken aber fanden wir noch Leben, so würden die Schäden auf dieses eine Jahr beschränkt sein.
Auf dem Heimweg sprachen wir auch über den Tod Eiderhoffs. Ich erzählte meinem Vater, daß Pater Anselm gemeint habe, dieser Tod sei der falsche Tod gewesen; denn

wenn ein Winzer im Herbst im Keller sterbe, seien die Dünste der Gärung daran schuld, nicht irgendein obskures Gift.
Da lachte er: „...und du hast nichts dazu gesagt? In diesem Keller können solche Dünste doch gar nicht schuld sein. Du erinnerst dich doch an diesen Keller. Er ist in den vom Bach aufsteigenden Hang hinein gebaut und hat einen Ausfluß nach dem Bach zu, der tiefer ist als der Kellerboden. Dort kann nicht nur das Wasser abfließen, das im Keller gebraucht wird, um die Fässer zu reinigen, dort entsteht ein Luftzug, der auch die schlimmen Dünste ins Freie treibt. Da kann dem Winzer nichts geschehen, auch nicht zur Zeit der Gärung."
Ich sah meinen Vater an. Natürlich hatte er recht. Wie konnte ich das nur vergessen haben? Und jetzt wußte ich auch, wie man den Eiderhoff hatte ermorden können.
Bei der Gärung entstehen erstickende Dünste, die aus den Fässern in den Keller entweichen. Da sie schwerer sind als Luft, sammeln sie sich zunächst auf dem Kellerboden, füllen dann den Keller und verdrängen die Luft, die wir zum Atmen brauchen. Der Winzer, der dies nicht beachtet, in den Keller geht und in diese Dünste eintaucht, muß ersticken. Der Geruch warnt ihn nicht, denn im Herbst riecht es im Keller immer sehr stark nach Gärung und Wein. Wenn aber ein Abfluß im Keller ist, dann fließen die Dünste ab und können keinen Schaden mehr anrichten.
Ich überlegte, daß sich ein Mörder das leicht zunutze machen könnte, er brauchte nur von außen das Abflußloch zu verstopfen. Der Winzer, der von der Gefahr nichts ahnte, ginge in den Keller und arbeitete darin, bis er in dem verfänglichen Dunst gleichsam ertränke. Der Mörder brauchte dann nur noch den Abfluß wieder frei zu machen, und keiner könnte erkennen, daß da ein Mord geschehen sei. Wenn er danach noch ein Glas mit Gift auf den Tisch stellte, werde jeder an einen Selbstmord denken und keiner einen Mord vermuten.
Wenn es nun wirklich ein Mord war, konnte ich hoffen, am Ausfluß Reste des Materials zu finden, mit dem er verstopft worden war.

Am ehesten würden es Stoffreste sein, da sich irgendein Stoff, ein großer Baldin (Umschlagtuch) zum Beispiel, am besten dazu eignet, ein solches Loch zu verstopfen.

Noch am selben Tag ging ich zum Bach. Ich fand den Ausfluß und fand, allerdings erst bei näherem Hinsehen, einen roten Faden, der sich wohl von einem Kleidungsstück einer Frau, vielleicht einem Baldin, gelöst hatte und an einem winzigen Riß in einem der Steine am Ausfluß hängengeblieben war. Ein roter Faden konnte nur von einem Kleidungsstück einer Frau herrühren, da Männer keine bunten Kleider tragen. Etwa eine Handbreit tiefer in der Höhlung des Ausflusses hing ein weiteres Fädchen, ebenfalls von roter Farbe. Das Fädchen hing aber nicht direkt hinter dem Faden sondern an einer Stelle in der Höhlung, die gegenüber der Stelle, an der ich den Faden gefunden hatte, ein gutes Stück nach oben und nach links abwich. Faden und Fädchen konnten also nur dadurch dorthin gelangt sein, daß ein Stück eines roten Stoffes so über die Steine gezogen worden war, daß sie hängen bleiben konnten. Wie aber sollte ein Stoff anders in den Ausfluß gekommen sein als bei einem Versuch, diesen zu verstopfen?
Das war der Beweis, zumindest der Beweis dafür, daß ein Mord stattgefunden hatte, und wenn einer der Toten ermordet worden war, dann waren alle ermordet worden.
Aber wer war der Mörder? Eine Frau etwa?
Die Frau des Eiderhoff, die jetzt seine Witwe war?
Warum sollte sie ihren Mann ermorden?
Was hatte sie mit Jakob Sand zu tun, was mit der Kräuterfrau?
Mußte es derselbe Mörder sein, der Jakob Sand ermordet hatte?
Hatten die beiden Morde vielleicht gar nichts miteinander zu tun?

Jetzt war es dringend notwendig, mit Pater Anselm zu reden. Ich ritt daher zum Erstaunen meiner Eltern noch am selben Tage nach Geisenheim zurück.

Im Dorf hatte ich den Schulmeister getroffen, der seine Verwandten besucht hatte und zurück nach Rüdesheim reiten wollte. Er wollte nicht auf mich warten, da er, wie er sagte, am Abend noch arbeiten müsse.

XVI

Hirngespinste

Oskar hatte ihn gefunden an der scharfen Kurve des Fahrweges von Geisenheim nach Johannisberg, wo der Wanderer gerne einmal stehen bleibt, um den Anblick der Landschaft zu genießen. Er lag neben der Kutsche, bewußtlos. Die Kutsche war umgestürzt, die Deichsel gebrochen an der Stelle, an der sie schon längere Zeit einen Riß aufwies. Ich hatte vorgehabt, sie ausbessern zu lassen, war aber bei aller Arbeit nicht dazu gekommen. Herr Leberlein hatte gemeint, es gehe auch noch so. Das Pferd hatte zitternd in den Holmen gestanden und offenbar gar nicht versucht, sich zu befreien. Vielleicht war es ein glücklicher Umstand, daß die Deichsel so leicht brechen konnte, denn Herr Leberlein, als er aus der Ohnmacht erwachte, hatte gesagt, es sei nicht seine Schuld oder die Schuld der Pferdes gewesen, daß er umgestürzt sei, er sei vielmehr durch ein großes Holzfuhrwerk vom Wege abgedrängt worden, und so sei es zu dem Unfall gekommen, der ja ein richtiger Umfall gewesen sei, wie er schmerzlich lächelnd hinzufügte. Wenn die Deichsel nicht so bereitwillig gebrochen wäre, hätte ein viel ärgeres Unglück geschehen können.
Ich sah den beschädigten Einspänner, als ich in den Hof ritt, sprang vom Pferd und lief ins Haus, das Schlimmste befürchtend. Oft hatte mir Herr Leberlein den Wagen geliehen, wenn ich schnell nach Johannisberg wollte und vom Reiten genug hatte, oft auch hatte Maria den Wagen benutzt, um Pater Anselm aufzusuchen.

Maria saß am Bette ihres Vaters, bemüht, ihn darin festzuhalten. Er zappelte unruhig in den Kissen und schimpfte auf die rücksichtslosen Fahrer, die nicht nur ihr eigenes Leben, sondern auch das ihrer Mitmenschen so unbedacht in Gefahr brächten. Er gebrauchte freigiebig eine ganze Reihe kräftiger

Ausdrücke, mit denen er sonst eher sparsam umzugehen pflegt.
Er merkte erst nach einer Weile, daß ich ins Zimmer getreten war, so daß ich genügend Zeit fand, seinen Reichtum an Worten zu bewundern.

Ich sollte ihm nun aus dem Bette helfen. Maria aber blieb hart, und auch ich machte nur einige Bewegungen, die sowohl als Hilfe für Herrn Leberlein als auch als Unterstützung Marias gedeutet werden konnten. Schließlich sah er wohl ein, daß er im Bett bleiben müsse, ließ sich geduldig den kalten Tuchumschlag erneuern, der sein Haupt zierte und legte sich zurück, um zu schlafen.

„Das hätte ihn leicht das Leben kosten können", sagte Maria, als wir in ihrem Zimmer saßen.
„Das hätte das Leben kosten sollen", erwiderte ich, „aber nicht ihn, sondern mich. Da hat einer damit gerechnet, daß ich, von Martinsthal kommend, sogleich nach Johannisberg aufbrechen werde und, um das Pferd zu schonen, den Einspänner nehmen werde."
Da schaute sie mich böse an: „Jetzt ist es einmal genug mit den Mordgeschichten. So wunderbar sind eure Erfolge bei der Aufklärung des Mordes nicht, daß der Mörder gleich bereit stehen müßte, wenn du aus Martinsthal zurück kommst. Welchen Mordes eigentlich? Wenn du jetzt auch in diesem Unfall einen Mordanschlag siehst, dann beginne ich daran zu zweifeln, ob überhaupt ein Mord geschehen ist.
Das Leben meines Vaters sollte dir für deine Mordgeschichten zu teuer sein. Ich glaube, du solltest dich mehr um die Frostschäden an den Weinbergen kümmern als darum, wie man aus Unfällen Morde machen kann, die dann nicht aufgeklärt werden können."
„Hirngespinste", fügte sie nach einer Weile hinzu.
Wir schwiegen jetzt beide etwas bedrückt.
„Du mußt nicht immer an deine merkwürdigen Ideen den-

ken", sagte sie dann. „Es wäre besser für dich, wenn du diese Mordgeschichte einmal ganz vergessen könntest."
Als ich immer noch schwieg und dabei anscheinend kein allzu glückliches Gesicht machte, vielleicht auch ein wenig beleidigt drein sah, ergänzte sie ihre Worte durch einen Kuß.
Das war nun freilich ein Argument, auf das ich eine wunderbare Antwort wußte.
Ich nahm mir vor, irgendwann in den nächsten Tagen mit Pater Anselm zu sprechen und für's erste Marias Rat zu befolgen oder wenigstens so zu tun, als ob ich ihn befolge. Das bereitete uns dann doch noch einen angenehmen Abend.
Herr Leberlein war, von seinem Sturz und der Aufregung geschwächt, eingeschlafen. Er atmete ruhig, als wir in sein Zimmer traten oder tat wenigstens so.

Es war sehr finster, als ich in der Nacht zu meinem Institut zurückging, Neumond, und zwischen uns und die Sterne hatten sich überall Wolken gelegt. So waren wir wie eingesperrt in eine riesige Erdhöhle.
Maria wollte mir eine Laterne mitgeben. Ich aber lehnte ab in dem Gefühl, mit dem Wege vertraut zu sein.
Ich wollte ohne Licht nach Hause finden.
Selten ist eine Nacht so völlig schwarz, daß man seine eigene Hand kaum zu erkennen vermag. Da sich meine Augen langsam an die Dunkelheit gewöhnten, fand ich am Ende mein Haus, aber nicht ohne einmal in den Graben am Wegrand getreten und mehrmals über Steine gestolpert zu sein.
Zuerst dachte ich an gar nichts und fühlte nur, wie ein leises Unbehagen meine Brust beengte. Je weiter ich mich von Maria entfernte, desto näher kam mir dieser unerfreuliche Zustand, den nur ihre Gegenwart von mir ferngehalten hatte. Obwohl ich doch in Martinsthal einen Erfolg gehabt hatte, da ich den roten Faden entdeckt hatte, fühlte ich mich in meinen Gedanken in unwegsamem Gelände umso mehr gefangen, je leerer es rings um mich war. Ich konnte mich überall hin wenden, ohne ein Ziel zu erreichen.

Maria war mir nahe gewesen, und doch war das Gefühl ihrer Nähe mehr so wie gespielt, wie eine Nähe auf dem Theater, eine Nähe, die nicht wirklich ist. Man spürt das erst richtig, wenn das Theater zu Ende ist.
Diesmal stand ihr Vater wirklich zwischen uns. Statt an seinem Unfall und seinen Schmerzen richtig teilzunehmen, hatte ich alles sofort in meine Mordgedanken eingesponnen. Nun konnte ich zu meiner Entschuldigung sagen, ich hätte sogleich gesehen, daß ihm nicht viel geschehen sein konnte, als ich seine zappelnde Gestalt, mit einem turbanartigen Verband geziert, sich im Bette bewegen sah. Maria hatte das nicht so gesehen, und ich wußte doch auch nicht wirklich, wie schlimm die Folgen des Sturzes für ihn sein konnten.
Ich merkte nun, wie sehr ich mich auf diese Jagd nach einem Mörder eingelassen hatte, und mußte, wenn ich mir gegenüber ehrlich sein wollte, eingestehen, daß ich darüber auch meine Arbeit vernachlässigt hatte.
Auf der anderen Seite war es schließlich eine Tatsache, daß Herr Leberlein mir im letzten Jahr den Einspänner oft ausgeliehen hatte, wenn ich einmal eilig nach Johannisberg wollte und kein Pferd zu Hand war, und ich glaubte, nicht Zeit genug zu haben, dorthin zu Fuß zu gehen. Je bequemer es ist, mit der kleinen Kutsche zu fahren, desto weniger Zeit scheint man zu haben, und desto seltener scheinen Pferde zur Hand zu sein.
Ein Mörder konnte sich, wenn er meine Gewohnheiten kannte, leicht ausrechnen, warum ich so plötzlich nach Martinsthal geritten war, und daß ich, erfolgreich von dort zurückkehrend, zunächst zu Maria reiten und von ihr bald zu Pater Anselm fahren werde. Er konnte lediglich nicht damit rechnen, daß ich einen Aufenthalt in Oestrich haben werde, wo ich die Frau des Herwald vom Verbleib des Pferdes hatte unterrichten wollen.
Er mußte meinen Aufbruch aus Martinsthal beobachtet haben und mir vorausgeeilt sein, um mir an der um diese Zeit wenig befahrenen Straße nach Johannisberg eine Falle zu stel-

len, die er wahrscheinlich vor einiger Zeit schon vorbereitet hatte.
Er hatte sich verrechnet.
Als ich mit meinen Überlegungen so weit gekommen war, wurde mir auf einmal zu allen meinen Sorgen auch noch unheimlich zumute.
Warum sollte der Mörder nicht versuchen, seinen Fehler jetzt, in dieser Dunkelheit, zu verbessern?
Ich fühlte förmlich von hinten jemanden herantreten und wich gedankenschnell zur Seite.
Das war, als ich in den Graben trat. Danach hatte ich ganz andere Sorgen; denn der Graben war voll schlammigen Wassers.

Am nächsten Tag ging ich in den Weinberg, der am meisten von dem Frost geschädigt war, schnitt die erfrorenen Bogreben von den Stöcken und suchte nach Möglichkeiten, andere Ansätze für Reben zu finden, die in diesem Jahr noch etwas tragen könnten. Bogreben sind die Reben, die der Winzer beim Schneiden stehen läßt und von dem Rebstock so wegbiegt, daß aus ihnen Zweige sprießen können, die dann Blätter und Trauben tragen. Ich fand nicht viel, was mir hätte Hoffnung geben können, konnte aber auch meine Gedanken nicht richtig auf meine Arbeit wenden, da sie mir immer wieder entglitten und zu den Morden wanderten.
Ich ertappte mich dabei, daß ich vor einem Weinstock stand, ihn anstarrte und beinahe eine noch sehr lebendige Rebe abgeschnitten hätte.
So konnte das nicht weitergehen.
Ich mußte mit Pater Anselm reden.

Pater Anselm saß in seiner Studierstube und las einen Brief des Geheimrates aus Weimar, in dem sich dieser darüber verbreitete, inwieweit der Genuß eines Glases oder auch zweier Gläser Wein hilfreich sein könne, wenn man eine schwierige Entscheidung treffen müsse. Er hatte mich offenbar schon

früher erwartet und fragte sogleich, wie Herr Leberlein diesen Unfall überlebt habe.
Er meinte dann, jetzt habe der Mörder einen Fehler gemacht; denn diesmal sei ihm ein Mord mißlungen. Das werde seiner Sicherheit einen argen Stoß versetzen. Er habe sich wohl zu sicher gefühlt und gemeint, ihm gelänge alles.
Wir müßten daraus zwei Folgerungen ziehen.
Günstig für uns wäre, daß der Mörder nun bestimmt eine längere Zeit warten werde, bevor er noch einmal zuschlüge. Wenn er überhaupt die Notwendigkeit sähe, noch einmal zuzuschlagen. Indem wir uns nun ganz zurückhielten mit weiteren Nachforschungen, könnten wir ihn davon überzeugen, daß es diese Notwendigkeit nicht gebe.
Ungünstig wäre, daß wir ihn zur Vorsicht gemahnt sähen, noch bevor er durch einen mit dem Erfolg einhergehenden Leichtsinn sich selbst habe verraten können.
Erstaunt fragte ich ihn, wie wir uns denn zurückhalten sollten, wenn wir doch durch meine Nachforschungen in Martinsthal einen entscheidenden Schritt weitergekommen seien? Und ich erzählte ihm, wie ich durch meinen Vater an die Besonderheit des Eiderhoffschen Kellers in Martinsthal erinnert worden wäre, wie ich den roten Faden gefunden hätte und welche Bedeutung ich meinem Funde beimesse, und daß es nun doch wohl an der Zeit sei, die örtliche Polizeibehörde von unseren Erkenntnissen zu unterrichten.
So hatte ich es mir auf meinem Wege nach Johannisberg zurechtgelegt.
Da holte er Gläser und eine Flasche seines guten Rieslings und bot mir zu trinken an. Ich merkte, es würde länger dauern und machte es mir gemütlich, so gut dies auf dem harten Stuhle ging, der für Gäste in seiner Klause stand.
„Du meinst also, es sei nun an der Zeit, zur Polizei zu gehen, zur örtlichen Polizeibehörde, also zur Obrigkeit, die alle diese Fälle, die wir für Mordfälle halten, längst abgeschlossen und der Verstaubung anheimgegeben hat?
Und was sollen wir dort vorbringen?

Können wir beweisen, daß die beiden Unfälle, der Überfall durch Soldaten und der Selbstmord in Wirklichkeit Morde sind? Wissen wir, wer der Mörder ist?"
Ich unterbrach ihn: „Der rote Faden beweist den Mord an Eiderhoff. Der rote Faden stammt von dem Kleidungsstück einer Frau, Männer tragen hierzulande keine roten Kleider. Wer anders als seine Frau, die nun als Witwe sein Vermögen geerbt hat, soll ihn umgebracht haben?"
„Willst du das wirklich der Polizei sagen? Der Beweis für den Mord wird doch nur dem erbracht scheinen, der deinen Gedanken zu folgen bereit ist. Der rote Faden mag aus dem Kleidungsstück einer Frau, sogar der Frau Eiderhoff gerissen sein.
Das beweist aber doch nicht, daß sie es war, die dieses Kleidungsstück in den Ausfluß gesteckt hat. Das könnte doch auch der Winzer getan haben, aus Rache, der von Eiderhoff um seinen Besitz gebracht wurde, und er könnte den Herwald betrunken in den Frost gelockt haben, da ihn dieser mittels seines Perspektives bei seiner Tat beobachtet hat. Der mörderische Unfall des Jakob Sand und der vorgetäuschte Überfall auf die Kräuterfrau können doch davon ganz unabhängig sein."
„So ist es gewesen", rief Oskar, der inzwischen mit Grandpatte den Raum betreten hatte und nun am Fenster stand. „Der hat einen Beweggrund und die Möglichkeit, und ein Stück rotes Tuch konnte er sich leicht beschaffen. Damit wollte er den Verdacht von sich ablenken. Das ist ihm bei Karl auch wunderbar geglückt."
Pater Anselm achtete nicht auf Oskar, sondern fuhr Grandpatte, der sich an sein Knie gedrängt hatte, mit der Hand über das edle Haupt und fuhr fort: „Überlege nun, was wir wissen:
Eine Leiche liegt unter einer Mauer. Alles deutet daraufhin, daß Jakob Sand versucht hat, die Mauer zu ersteigen und dabei abgestürzt ist.
Was können wir dagegen einwenden?

Keiner der in der Ruine spielenden Buben hat in meiner Jugend versucht, an dieser Stelle auf die Mauer zu steigen.
Seine Beine hätten nicht so ausgestreckt sein dürfen, wenn er von der Mauer gefallen wäre.
Unser Hund hat ein ganzes Stück von der Ruine entfernt einen Stein gefunden, an dem Blut klebte, und irgendwo lag ein Ring, der Eiderhoff gehörte.
Das sind freilich sehr überzeugende Argumente."
Nun wurde er ironisch.
„Da wird eine Obrigkeit, die doch für ihre Regsamkeit bekannt ist, sofort den Staub von den Aktenblättern blasen und eine nun reichlich verspätete Untersuchung einleiten.
Weiter: eine erschossene Kräuterfrau mit einem deutlichen Hinweis darauf, daß sie bei einem Raubüberfall von ausländischen Soldaten erschossen wurde. Nur wir wollen es anders haben. Wir meinen, es sei ein Mord gewesen. Die Uniformjacke sei nur dort hingelegt worden, um Nachforschungen in die Irre zu leiten."
„Ich war gleich davon überzeugt, daß das kein richtiger Mord sei!", murmelte Oskar.
„Dann Eiderhoff. Was braucht es mehr als einen Toten in einem menschenleeren Raum, ein Glas Gift auf dem Tische ohne auch nur die Spur eines anderen Glases, um einen Selbstmord zu beweisen. Wie sollen wir mit einem roten Faden dagegen argumentieren und mit Gärungsdünsten, die niemand wahrgenommen hat?
Einen roten Faden gibt es doch wohl in allen Berichten und Geschichten, und wenn sie keinen roten Faden aufweisen, sind es schlechte Geschichten und schlechte Berichte. Alle Gedanken, die wir um den roten Faden gesponnen haben, würde die Obrigkeit für Hirngespinste halten."
Er lächelte.
Ich dachte an Maria.
„Auf den zwar von ihm nicht selbst beabsichtigten, aber doch selbstverschuldeten Tod des Herwald", fuhr er fort, „brauche ich nun sicher nicht mehr einzugehen.

Herrn Leberlein wollen wir schon Maria zuliebe ganz aus diesen Geschichten herauslassen."
Oskar schwieg.
Ich überdachte, was Pater Anselm gesagt hatte und meinte dann:
„Zeigt aber nicht der Unfall des Herrn Leberlein, daß wir durch den Mörder gefährdet sind, auch wenn wir noch immer, nach vier Morden sogar, zu wenig wissen, um zur Polizei gehen zu können?"
„Ich sagte schon, wenn unsere Vermutungen richtig sind, dann war der Unfall deines zukünftigen Schwiegervaters eine herbe Enttäuschung für den Mörder. Da er, was er durch die geschickte Gestaltung der Morde bewiesen hat, ein intelligenter Mörder ist, hat er daraus gelernt, daß ihm nicht alles gelingt. Er wird vorsichtig sein. Wenn wir nichts unternehmen, wird er glauben, wir hätten aufgegeben, und uns in Frieden lassen."
„Sollen wir aufgeben?", fragte ich.
„Können wir das?"
Oskar schüttelte den Kopf und ging. Er würde in dieser Sache nichts mehr unternehmen, wenn wir ihn nicht inständig darum bäten.
Ich wendete mich ebenfalls zum Gehen. Da meinte Pater Anselm, Grandpatte sei nun sicher bei mir besser aufgehoben als bei ihm. Wenn er sich auch seiner Sache ganz sicher sei, so wolle er doch kein Risiko eingehen.
„... und der Schulmeister, und der Amtskeller?" fragte ich, „müssen wir nicht jetzt weiterforschen, um Gefahren von ihnen abzuwenden? Fünf Leute sind mir auf dem Weg zur Ruine begegnet, fünf Leute konnten verdächtig sein, drei dieser fünf Leute sind tot, was ist mit diesen beiden?"
„Die laufen keine Gefahr. Gefährlich könnte für sie sein, wenn wir uns um sie kümmerten. Manchmal denke ich, mindestens zwei der Ermordeten könnten noch leben, wenn wir unsere Nachforschungen unterlassen hätten."
Er sah mich nachdenklich an.

„Das gilt, wenn tatsächlich der erste Mord der Mord war, auf den es dem Mörder ankam, und die weiteren nur begangen wurden, um den ersten zu verdecken.
Ich beginne daran zu zweifeln. Wenn einer der anderen Morde der wichtige Mord war, dann waren sie alle unabhängig von unseren Nachforschungen."
Damit entließ er mich.
Grandpatte trottete mißvergnügt hinter mir her, denn das karge Leben in meiner Junggesellenbehausung behagte ihm wenig.

Ein grauer Tag irgendwann im Juni, im späten Juni, ich bin in der Frühe aufgewacht und habe das Fenster weit geöffnet und mich dann noch einmal in mein warmes Bett gelegt. Wo gestern noch der blaue Himmel nur einige verirrte Wölkchen aufwies, die seine Bläue nur stärker hervortreten ließen, ist jetzt alles grau in grau, überall mit Wolkendunst bezogen, ohne helle, aber auch ohne dunklere Stelle. Der Regen kommt gleichmäßig und bedächtig aus dem Grau gefallen, ohne Zögern, aber auch ohne Überstürzung alles sorgsam befeuchtend im Auftrage des großen Gärtners.
Angenehm ist es, sich an einem solchen Morgen für eine kurze Zeit zurück ins Bett zu begeben, man erlebt so lebendig den Gegensatz zwischen der feuchten Kühle draußen und der trocknen, warmen Geborgenheit in den Kissen, und wenn man sich auf den Rücken legt und in die Regentropfen hineinschaut, kann man dort draußen die eigenen Gedanken wandern sehen.
Natürlich habe ich in den auf unser letztes Gespräch folgenden Tagen über Pater Anselms Rede an einen erfolglosen Amateurdetektiv nachgedacht, besonders über seine letzten Anmerkungen. Was auch natürlich ist, weil sie die einzigen waren, die vielleicht weiterführen mochten.
Warum, überlegte ich, sollte Jakob Sand überhaupt ermordet werden, wenn vielleicht nur der Mord an Eiderhoff für den Mörder wichtig war? Die Morde an der Kräuterfrau und an

dem Herwald kamen, so meinte ich, als zentrale Morde nicht in Frage. Dafür konnten sich nur der Mord an Sand oder der Mord an Eiderhoff eignen.
Warum also sollte Jakob Sand wegen des Mordes an Eiderhoff ermordet werden, wenn dieser fast ein halbes Jahr später stattfand?
Wie kann sich eine Handlung aus einer Handlung ergeben, die erst später ausgeführt wird?
Wie kann sich etwas Früheres aus einem Späteren ergeben?
Das geht nur, wenn das Spätere vor das Frühere gesetzt wird.
Wie aber könnte dies möglich sein, außer in Gedanken?
In Gedanken!
In Gedanken ist es natürlich möglich. Es bedarf also eines nachdenklichen Mörders. Aber besteht auch Hoffnung, daß die Obrigkeit uns in solchen Gedanken wohlwollend begleiten wird? Wie sollte sie, wenn sie mit der Gegenwart so sehr beschäftigt ist, sich nicht nur Vergangenheit und Zukunft betrachten, sondern sie auch noch gedanklich vertauschen, ohne völlig in Verwirrung zu geraten?

War das Gold, der sagenhafte Schatz in der Ehrenfels, der alles einigende Grund für die Morde?
Jakob Sand war sicher nur des Goldes wegen in die Ruine gegangen, davon war ich überzeugt.

Ich war in der Zwischenzeit auch noch einmal bei Pater Anselm gewesen. Er hatte sich aber, seinen letzten Ausführungen gemäß, nicht bereit gefunden, über die Morde zu sprechen. Er sprach statt dessen über Sehen, Erkennen und Glauben, ein Thema, das in letzter Zeit in seinen Gedanken immer mehr Raum einnimmt.
Er sprach von den Emmaus-Jüngern, die den auferstandenen Christus nicht erkannt hatten.
„Wie soll man auch jemanden erkennen", rief er aus, „von dem man sicher weiß, das er gestorben und tot ist? Wenn man ihn am Kreuz hat sterben sehen, seine Qualen miterlebt und

seine Wunden gesehen hat. Dann steht er plötzlich am Wege in Reisekleidern, die seine Wunden verdecken. Solange man nicht glaubt, oder nicht wenigstens den Gedanken, er könne auferstanden sein und lebend am Wege stehen, wohlwollend erwägt, solange man meint, das sei alles Weibergeschwätz, solange kann man ihn nicht erkennen.
Sie erkannten ihn erst, nachdem er ihren Glauben geweckt hatte, indem er ihnen die Schriften auslegte und auch dann erst, als er im Brotbrechen Bewegungen machte, die sie nur bei ihm gesehen hatten und ihnen so die Möglichkeit gab, ihn noch einmal neu zu sehen, nachdem ihr Glaube geweckt war...
So steht der Glaube vor dem Erkennen.
Für mich ist dieses ungläubige Nichterkennen ein Hinweis auf die Auferstehung, der mich mehr überzeugt, als wenn geschrieben stünde, sie seien dem Reisenden gleich zu Füßen gefallen..."

Unvermittelt fragte er dann nach dem Mädchen Nausikaa, das im Kloster Gottesthal eine Zuflucht gefunden hat, und ob sie ein Verhältnis mit dem Wolf Faber habe, und was Herr Leberlein dazu sage, wenn Maria die beiden einlüde, wie er gehört habe, und so einer Verbindung Vorschub leiste, von der die Eltern des Mädchens nichts wüßten, und die diesen möglicherweise nicht angenehm wäre, und was er überhaupt zu diesem Faber zu sagen hätte, der ja wohl ein kenntnisreicher Weinbergsmann sei? Ich sagte vorsichtig, Maria meine, die hätten gar kein Verhältnis, der Faber scheine sich zwar um das Mädchen zu bemühen, dieses sich von ihm aber entfernt zu halten.
Er sah mich an und meinte nur: „Was die Leute so alles reden!"
Ich wußte, daß für ihn die Leute Oskar waren, und sagte nichts weiter.
„Man sollte nicht einfach auf das vertrauen, was man so hört und sieht!", sagte er dann und: „So, so, Freund Leberlein hat gar nichts gesagt, dann wird er wohl auch nichts zu sagen wis-

sen; denn wenn er etwas zu sagen wußte, hat er es noch immer gesagt."
„Ganz im Gegensatz zu euch!", fuhr mir da heraus.
Er lachte.

Ich habe auch noch einmal mit Maria über die Hirngespinste gesprochen. Sie war milder gestimmt, weil ihr Vater wieder wohlauf war. Sie hörte sich alles an, was ich von meinen Gesprächen mit Pater Anselm zu berichten hatte.
„So wollt ihr also eure Nachforschungen nicht aufgeben, obwohl sie meinen Vater fast das Leben gekostet hätten? Vorsichtiger wollt ihr jetzt sein und zunächst einmal gar nichts tun? Meinst du, ich mache mir keine Sorgen um dich? Warum macht ihr das eigentlich? Ein persönliches Interesse hast du doch nicht, schon gar nicht mehr, nachdem du erkannt hast, wie dich der Jakob Sand belogen hat und betrügen wollte. Es ist die Aufgabe der Polizei und der Obrigkeit, diese Vorfälle aufzuklären."
„Wenn aber die Polizei versagt?"
„Wenn die Lehrer versagen, wenn die Ärzte versagen, wenn die Pfarrer versagen, willst du dann allemal eingreifen und es selbst richtiger machen, oder das machen, was du für richtiger hältst?
Ist es nicht vielleicht nur die Neugierde, die euch antreibt, die mit so etwas wie Abenteuerlust verknüpft ist und mit einer Freude daran, eine Schwierigkeit zu bewältigen, an der andere gescheitert sind, ein Geheimnis zu enthüllen, das anderen verborgen bleibt?
An den selbstlosen Einsatz für die Gerechtigkeit mag ich nicht so recht glauben."
„Das liegt wohl an der Natur der Frauen, die mehr den Dingen zugewandt ist, so wie sie sind, und weniger vertraut scheint mit den Grundsätzen, die dahinter stehen", sagte ich da.
Sie lachte und gab mir einen Kuß, der sich unversehens so recht ins Grundsätzliche ausweitete.

„Macht nur so weiter. Du gefällst mir so, wie du bist. Nur haltet euch für's erste einmal zurück und vergeßt nicht, daß ihr beide Winzer seid und nur Nebenbei-Detektive."
Dabei blieb es.
Wie zur Bekräftigung spielte sie mir etwas von Herrn Haydn auf dem Spinett.
Ich höre seine Stücke am liebsten.

XVII

Skandal und Hagelschlag

„Am 12. Juli hatten wir ein Donnerwetter mit einem starken Platzregen und ungemein vielen Kisseln (so nennen wir im Rheingau die Hagelkörner), zum Glück ohne Wind, sonst wäre alles erschlagen worden. Die Kisseln fielen eine Viertelstunde lang. Trotz des starken Wassers sahen die Straßen ganz weiß aus. Auf der Winterseite, wo das Gedäch zusammen ging, lagen die Kisseln anderntags noch schuhhoch. Salat und dergleichen waren ganz zerhackt und zerfetzt und noch einige Zeit nach dem Wetter sahen die Berge über dem Rhein noch so aus, als ob es einen tiefen Schnee geworfen hätte."

So steht es in der Chronik, und so war es. Ich dachte, so müßten die Berge im Süden aussehen, auf denen der ewige Schnee liegen soll. So müßten sie sich aus der grünen Ebene erheben.

So sehr uns das Hagelwetter auch Schaden brachte, seine Wirkung auf die Sinne war angenehm aufregend, wie eben Gegensätze immer aufregend sind und das Auge vor allem angenehm unterhalten. Die Landschaft hat auch immer dort die interessantesten Reize, wo sich die Elemente begegnen, an dem Ufer des großen Stromes, der sich bei Bingen ganz nahe den lieblichen Weinbergen mit reißender Gewalt durch die Berge zwängt, oder an der Küste des Meeres vielleicht auch, ich habe es noch nicht gesehen, dort, wo im Süden die Berge mit ihren Felsen aus der fruchtbaren Ebene emporsteigen, und der Schnee den erregenden Kontrast bietet.

Am 16. und 17. Juli gab es dann einen rechten Kontrast zu dem Leben, das die Bürger in frommer Ruhe führen wollen. Es geschah etwas, worüber sich alle dem Klatsch geneigten (und wer ist nicht wenigstens ein wenig dem Klatsch geneigt) noch lange die Mäuler zerreißen werden, also so eifrig reden werden, daß ihre Münder, in diesem Zusammenhang klingt

Mäuler besser, bei den heftigen Bewegungen der Lippen zu zerreißen drohen. Je mehr sie aber darüber reden werden, desto seltamer wird sich das Ereignis in der Erinnerung gestalten, von Begeisterung, Abscheu und Aufregung ausgeschmückt und verwandelt. Ich will die Geschichte erzählen, wie ich sie von Maria gehört habe, die sie wiederum von Nausikaa, dem Mädchen aus Gottesthal, gehört hat.

Am späten Nachmittag des 16. Juli erschien ein Trupp französischer Reiter vor der Pforte des Klosters Gottesthal und begehrte lärmend Einlaß. Da die Nonnen bereits üble Erfahrungen mit Soldaten gemacht hatten, hielten sie die Tür verschlossen und verhandelten nur über die Mauer mit den Kriegsleuten.
Diese erklärten, sie wollten friedlich wieder abziehen, wenn man ihnen eine Frauensperson herausgäbe, die ohnehin nur mit Mißvergnügen hinter den Klostermauern weile.
Ihr Anführer behauptete, er sei der Adjutant des Generals Marceau und gewohnt, daß man seinen Wünschen Respekt entgegen bringe. Das aber erschien kaum glaublich, da er des Deutschen so mächtig war, wie man es nur irgend wünschen konnte, und seine Sprache obendrein noch die anmutige Färbung des Mainzer Dialektes aufwies.
So zögerten die Nonnen, zumal er noch nicht kundgetan, welche Frauensperson er meine, wenn auch die Oberin bei schneller gedanklicher Durchmusterung aller ihrer Schutzbefohlenen sogleich an Nausikaa denken mußte, die immer gerne die Gelegenheit ergriffen hatte, und sei es auch nur für kurze Zeit, den Klostermauern zu entfliehen und zum Beispiel einen Besuch in Geisenheim zu machen, und in deren Sprache zudem eine ähnliche Färbung erklang, wie sie bei dem jungen und, das mußte sie zugestehen, recht stattlichen Adjutanten zu hören war. Schon kam auch diese, von der allgemeinen Unruhe herbeigelockt, zur Pforte gelaufen, und kaum war sie des jungen Kriegsmannes ansichtig geworden, als sie hinausbegehrte, ihn laut bei seinem Namen rief,

zugleich der Oberin versichernd, daß alles seine Ordung habe, wobei sie freilich unerklärt ließ, welcher Art die Ordnung sei, die sie da meinte.

Kurz, sie war nicht zu halten und ritt nach einem kleinen, Nonnen und Franzosen ineinander verwirrenden Getümmel an der Pforte auf einem bereitgehaltenen ledigen Zelter davon, wobei sie es so einrichtete, daß ihre schlanken Beine auf die Seite des Pferderückens zu liegen kamen, auf der der Adjutant sie begleitete.

In Vollrads schon sind sie eingekehrt und die Klatschmäuler wollen wissen, sie hätten in Unmoral die Nacht auf den 17. zusammen in einem einzigen Zimmer verbracht. Von Maria weiß ich es besser. Sie waren zwar zusammen in Vollrads, aber in ernsthaften Gesprächen über ihre Zukunft begriffen, und der Adjutant war ein Mainzer, eben derjenige, der sie bereits lange gegen den Willen ihrer Eltern liebte und der sich zu den Franzosen begeben hatte, in der Hoffnung, in ihren Reihen bald aufzusteigen und so Gelegenheit zu erhalten, seine Geliebte zu erwerben.

Sie beschlossen zu heiraten und haben ihre Heirat in Stille, aber mit Festigkeit und zugleich umgehend ins Werk gesetzt und sind nun verheiratet und können über allen Klatsch lachen, wenn sie überhaupt darauf hören.

Was in jener Nacht im Schloß Vollrads nun wirklich geschehen ist, ob die beiden, wie Maria sagt, nur in ernsthaften Gesprächen verweilten, oder ob die ernsthaften Gespräche zärtliche Annäherungen und auch noch weiteres, vielleicht der grundsätzlichen Art, zuließen, wer will darüber befinden, und wer will darüber urteilen?

Von Wolf Faber hörte man, er habe nicht um die verlorene Liebe getrauert, sondern sich unverzagt einer neuen, würdigeren Freundin zugewendet, der Tochter eines Winzers in Rüdesheim, deren äußere, ein wenig unscheinbare Gestalt durch ein reiches Erbteil ausgeglichen werde.

Ich allerdings, wenn ich alles, was ich gehört hatte, bedachte, geriet in sanfte Zweifel über das, was ich mittels des Perspektives gesehen oder vielleicht nicht gesehen hatte.

In den folgenden Tagen und Wochen hatte ich wenig Zeit zum Nachdenken. Der Krieg kam uns wieder sehr nahe. Schon am 14. Juli waren vier Kanonierschaluppen nach Winkel gekommen mit zwei Kompanien Franzosen. Das waren die ersten Franzosen, die zu Winkel Bier bekamen. Sie bekamen Bier, weil ihr Kommandant dies so befohlen hatte. Er fürchtete, daß sie sich, wenn sie Wein bekämen, nicht zum besten aufführen möchten. Die Rheingauorte mußten Fleisch, Brot und Getränke zur Verpflegung der Soldaten liefern.
Allein zu Winkel wurden vier Stückfässer Bier und trotz des Verbotes acht Stückfässer Wein geleert. In die acht Stückfässer Wein waren noch acht Stückfässer Wasser gemischt worden, damit der Durst der Soldaten gestillt werden konnte.
Im August mußten die Franzosen dann wieder zurück über den Rhein gebracht werden, dabei ließen sie in Rüdesheim zehn Stückfässer mit Wein aus Erbach stehen. Über diese Fässer machten sich die deutschen Soldaten und die Rheingauer sogleich her und, man kann es nicht anders sagen: Sie soffen sie aus. Als sich die Rheingauer auch über die Bagagewagen hermachten, um sich für ihre Verluste ein wenig schadlos zu halten, kamen die Franzosen aus Bingen wieder nach Rüdesheim herüber, und es kam zu blutigen Kämpfen. Häuser wurden geplündert, Geiseln genommen und Rüdesheim mehrmals mit Kanonen beschossen.
Die Kriegsereignisse dauerten mit einiger Heftigkeit bis in den Oktober.

Die Weinlese begann sehr spät in diesem Jahr. In den meisten Orten wurde erst in den letzten Oktobertagen gelesen. Die Rauenthaler und die Hallgarter warteten sogar bis zum 7. November. Viel zu lesen gab es nicht, denn diesmal hatten der Frost und die Hagelkörner fast soviel Schaden angerichtet wie die Kriegsleute im Vorjahr.

Ich war in diesen Monaten ständig beschäftigt im Keller wie in den Weinbergen und in anderen Dörfern, um dort auszuhelfen und der Not zu steuern, soweit das in meinen Kräften stand.
Erst nach der Traubenlese fand ich wieder mehr Zeit, mit Maria zusammen zu sein und auf die freundlichen Laute des Spinetts zu hören.
Auch die Gedanken an die immer noch nicht aufgeklärten Morde, die sich in den unruhigen Tagen scheu zurückgezogen hatten, tauchten wieder auf.
Grandpatte hatte mir in diesen Tagen, soweit es ihm seine Natur erlaubte, treu zur Seite gestanden. Von einem Versuch, einen Anschlag auf mein Leben zu wagen, hatte ich aber nichts bemerkt. Wahrscheinlich waren Pater Anselms Überlegungen richtig gewesen; denn wenn ich des Abends vom Hause Leberlein aus nach meinem Institut ging, wurde Grandpatte häufig von unbekannten Wohlgerüchen aus meiner Nähe gelockt, und ein Anschlag hätte durchaus erfolgreich sein können, da sich in meinen Gedanken angenehme Träume ausgebreitet hatten.

XVIII

Die Hochzeit

An einem regnerischen Tag im November, es war in der zweiten Novemberwoche, war ich zur Mittagszeit bei Maria. Ihr Vater hatte mich am Vormittag wegen eines Erntewagens um Rat gefragt, was er in letzter Zeit häufiger tut, auch dann, so habe ich den Eindruck, wenn es nicht nötig wäre.

Da wir uns noch über die Zustände im Rheingau, die Schäden in den Weinbergen und die durch die Unbilden der Witterung und die Kriegslasten drohende Verarmung der Leute, uns selbst nicht ausgeschlossen, unterhalten hatten, war es so spät geworden, daß mich Maria zum Essen einladen konnte. Sie hatte eine sehr schmackhafte, mit Räucherspeck gewürzte Kartoffelsuppe bereitet, zu der sie nach einem alten französischen Rezept einen Brotkuchen mit gehacktem Fleisch und getrockneten Pflaumen gebacken hatte. Wir nennen diesen Kuchen 'Zisterzienserbrot'. Er paßt vortrefflich zur Kartoffelsuppe. Selbst Herr Leberlein, der gerne gute Sachen verspeist, verlangt hin und wieder, besonders in den Herbsttagen, nach diesem Gericht. Auch Grandpatte bleibt gerne zum Essen im Hause Leberlein, wenn er den Duft der Suppe und die Süße der Pflaumen riecht.

Wir fühlten uns angenehm gesättigt und wollten uns gerade zurücklehnen, um noch ein wenig über freundliche Dinge zu reden, was ja der Verdauung besonders förderlich sein soll, als Oskar zur Tür herein kam, fast ohne anzuklopfen.

„Ich weiß etwas, was ihr mir sicher nicht glauben werdet, was aber doch wahr ist!", rief er und machte eine Pause, um unsere Neugier zu steigern.

„Die verwitwete Frau Eiderhoff hat in Martinsthal ganz insgeheim den Wolf Faber geheiratet, oder der Faber hat die Witwe Eiderhoff geheiratet. Ganz wie ihr wollt!"

Warum nur dachte Oskar, daß uns diese Nachricht besonders interessieren sollte?

Möglicherweise, weil er von meiner Auseinandersetzung mit Maria über meinen Blick durch Herwalds Perspektiv wußte.
Ob er meine Zweifel, die schon durch die Heirat Nausikaas entstanden waren, vermehren wollte?
Aber da war doch auch noch die reiche Erbin aus Rüdesheim gewesen. Vielleicht war sie dem Wolf Faber in letzter Zeit nicht mehr so reich erschienen, nachdem es in Rüdesheim zu mancherlei Unruhen gekommen war, die bei einigen Winzern vielgestaltige Schäden angerichtet hatten.
Wir reagierten, wohlgesättigt und jeder Aufregung abhold, nicht so, wie Oskar wohl erwartet hatte. Er setzte sich daher, von Herrn Leberlein aufgefordert, zu uns an den Tisch und begann, die Hochzeit und ihre Vorzüge und Nachteile zu schildern und zu erklären, warum beide bei ihrer Heirat vernünftig gehandelt hätten, und wie sehr diese Heirat beider Vermögen nur zum Vorteil gereichen könne, indem sie der ehemaligen Witwe das ihre erhalte und dem emsigen Faber überhaupt erst eines verschaffe.
Ich hörte zunächst gar nicht zu, da ich mich über ihn geärgert hatte und merkte, daß auch Maria über diese Art, uns von der Hochzeit in Kenntnis zu setzen, nicht gerade erfreut war, doch als er über die Vermögen sprach, fiel mir ein, wo ich die Witwe Eiderhoff zum letzten Mal gesehen hatte.
Pater Anselm hatte für den erkrankten Pfarrer von Geisenheim am letzten Sonntag eine Messe gelesen und dabei auch, zwar kurz, aber dafür umso deutlicher gepredigt.
Er hatte als Thema das Wort gewählt, daß man nicht zwei Herren zugleich dienen könne.
Man könne sich nicht zugleich das Geld und Gott zum Herren erwählen, man müsse dabei notwendig einen Herren vernachlässigen.
Das gelte natürlich auch in der Ehe, hatte er ausgeführt, da er wußte, daß einige junge Eheleute in der Kirche anwesend waren. Da sei das Wort Herr wohl nicht in seiner ganzen Härte zu verstehen, man müsse mehr an eine milde Herrschaft denken, wohl aber sei es eine richtige Einstellung,

wenn die Eheleute einander zu dienen bereit wären und diesem Dienst eine Bedeutung einräumten, die gleich nach dem Gottesdienst käme. Er könne ihnen allen versichern, daß diese Einstellung zum Glücke beider Eheleute führen werde. Wenn dagegen einer den Beruf oder das Vermögen oder gar sein Ansehen für wichtiger hielte als seinen Partner in der Ehe, dann könne er zwar alle möglichen kurzfristigen Genüsse, nicht aber ein dauerhaftes Glück finden.
Das Leben, so schloß er, also Gott, der Herr des Lebens, zwinge irgendwann einen jeden von uns, zu bekennen, welchem Herren er diene. Dies gelte schließlich auch für die Ehe.
Ich hatte im Seitenschiff unseres Rheingauer Domes gesessen und bemerkt, daß die Witwe Eiderhoff etwas weiter hinten im Mittelschiff saß. Ich sah, wie sie gebannt zu dem Prediger hinauf starrte, damit ihr nur keines seiner Worte entgehe, und ich hatte zugleich das Gefühl, Pater Anselm spräche, je länger die Predigt dauere, desto eindringlicher zu ihr.
„Keiner kann zwei Herren dienen. Keiner kann in gleicher Weise seinen Besitz und seine Frau lieben, er sähe denn seine Frau als einen Teil seines Besitzes!"
Ich hatte später nicht mehr darüber nachgedacht, wie sie seine Worte aufgenommen hatte, nur jetzt kam es mir wieder in den Sinn, und ich fühlte mich plötzlich unbehaglich und dachte, daß ich - wieder einmal - umgehend mit Pater Anselm reden müsse.

Pater Anselm ging in seiner Studierstube hin und her.
Er hatte auch schon von Oskar gehört, daß die Witwe Eiderhoff und Wolf Faber geheiratet hatten.
Wenn mir bei dem Gedanken an diese Heirat unbehaglich zumute sei, und es sei sicher die Heirat gewesen, denn bei der Predigt sei es mir ja noch nicht unbehaglich gewesen, sondern erst, nachdem ich von dieser Heirat gehört habe, dann nehme er an, daß das Unbehagen auch etwas mit den Mordfällen zu tun habe, da ich die Witwe in keinem anderen Zusammenhang kennengelernt habe, dann aber sei es doch vielleicht notwen-

dig, noch einmal ganz neu über die Mordfälle nachzudenken. Irgendwo hätten wir wohl bei unseren Überlegungen und Folgerungen einen Fehler gemacht.
Wir seien immer davon ausgegangen, daß der Mord an Jakob Sand der Mord gewesen sei, der alle anderen nach sich gezogen habe. Diese Annahme aber hätte uns nicht weitergeführt.
Hier wollte ich etwas einwenden, aber er bat mich, ihn seinen Gedanken zuerst vollständig entwickeln zu lassen.
„Also mit dem Mord an Jakob Sand kommen wir nicht weiter. Laß uns nun einmal von hinten anfangen!
Nach allem, was du von seiner Frau gehört hast, hatte Herwald vor, den Mörder zu erpressen.
Nehmen wir an, daß er den Mörder des Eiderhoff erpressen wollte. Nehmen wir weiter an, daß es nicht das Wissen um den Mord an Jakob Sand war, mit dem er ihn erpressen wollte. Diesen Mord hatte er wohl nicht durch sein Perspektiv gesehen. Etwas anderes aber muß er gesehen haben und sich später entschlossen haben, den Mörder damit zu erpressen.
Was könnte das gewesen sein?
Es muß gar nichts mit dem Gold zu tun haben. Wahrscheinlich haben wir viel zu sehr an das Gold gedacht.
Erinnere dich einmal an das, was dir Herwald gesagt hat, als er dich auf dem Wege zur Ehrenfels traf.
Was hat er da gesagt?"
„Merkwürdiges Zeug hat er da geredet und den armen Schulmeister auf eine sehr unvorteilhafte Art mit Tertullian in Verbindung gebracht."
„Ja, natürlich hat er das! Hat er sonst nichts gesagt?"
Ich versuchte, mir das Gespräch, auf das ich gar nicht so sehr geachtet hatte, weil es mir zu diesem Zeitpunkt nicht wichtig erschienen war, jetzt zu vergegenwärtigen: „Er hat davon gesprochen, das Fernrohr könne ihm gute Dienste leisten, indem es ihn in die Lage versetze, die Angriffe der Franzosen so früh zu bemerken, daß er sich und die Seinen noch in Sicherheit bringen könne."
„Was hat er noch gesagt?"

Jetzt sah ich ihn wieder vor mir stehen und hörte ihn von der Schlechtigkeit der Welt reden.
„Er hat nur noch so allgemein geklagt über die Schlechtigkeit der Welt, über Hinterlist und Tücke und Unmoral. Ja, Unmoral hat er gesagt."
Pater Anselm schien immer noch unzufrieden.
„Hat er sonst nichts gesagt?"
Er wartete eine Weile.
Dann sagte er: „Hat er nicht auch von Ehebruch gesprochen?"
„Nun, der gehört doch zur Unmoral. Wie ich ihn kennen gelernt habe, hat er sicher auch den Ehebruch erwähnt."
Ich hielt inne - Ehebruch - langsam wurde mir sichtbar, worauf der Pater hinaus wollte, und ich erkannte meinen Irrtum.
Man erkennt, was man glaubt.
Pater Anselm hatte es mir deutlich genug gesagt.
Nun wußte ich auch, warum Jakob Sand hatte sterben müssen.
Nur das Verhalten der Kräuterfrau konnte ich mir auch jetzt noch nicht erklären.
Sie hätte doch sicherlich niemanden erpressen wollen.
Gold hatte für sie nicht den Wert, den es für die meisten Menschen hat.
Auch Gold hätte also ihr Tun nicht beeinflussen können.
Aber wie konnte ich auch erwarten, aus einem Punkte alles erklären zu können, mit einem Gedanken das ganze Geheimnis der Morde zu durchdringen? Ich mußte zufrieden sein, drei Morde erklärt zu haben.
Zufrieden sein?
Konnten wir zufrieden sein?
Warum hatte die Witwe Pater Anselm während der Predigt so angestarrt?
Wir durften über der Unmoral nun auch wieder das Gold nicht vergessen.
Eiderhoff hatte sein Gold nach Martinsthal gebracht.
Wo war es geblieben?

Meine Gedanken verflochten sich zu einem unentwirrbaren Knäuel, zu einem Knoten. Ich hatte das Gefühl, daß wir ihn nur mit einer schnellen Tat durchschlagen könnten.
Pater Anselm hatte sich hingesetzt. Ich sah, wie er sich zurücklehnte.
Er hatte mich beobachtet und aus den Veränderungen in meinem Gesicht ersehen, daß ich endlich den Weg seiner Gedanken gefunden hatte. Sich in die Gedanken eines anderen hineinzufinden, ist immer mühsam, besonders, wenn man dabei einen eigenen Irrtum als solchen erkennen und überwinden muß.
Jetzt wollte er geruhsam alles besprechen und dann…
Und dann weitere Nachforschungen, weitere Gespräche, bis alles ganz klar und für die Obrigkeit überzeugend bereitet wäre.
Das durfte nicht sein.
Jetzt endlich mußten wir handeln.
Was wir erkannt hatten, genügte, uns zu schnellem Handeln anzutreiben.
Das war kein Rätsel, das wir lösen und dann vergessen konnten.

Es ging um Leben und Tod und an dieser Stelle, an der mit der Heirat der beiden eine entscheidende Entwicklung eingetreten war, vielleicht mancher enttäuscht, andere überrascht und wieder andere erzürnt worden waren, an dieser Stelle konnte erneut etwas Schreckliches geschehen.
Ich dachte daran, wie die Witwe sich bei der Predigt so seltsam benommen hatte.
„Keiner kann zwei Herren dienen!" Was folgt daraus?
Eine heftige Unruhe hatte mich erfaßt. Jetzt mußte Pater Anselm mit mir gemeinsam handeln. Er konnte mich nicht mehr allein aussenden.
Vater Leberlein mußte uns seine Kutsche leihen. Auf dem Pferd wäre der Weg für den Pater zu beschwerlich geworden. Grandpatte mußte mit uns kommen; denn ganz ohne Gefahr, wußte ich, konnte dieser Weg nicht sein.

Ich wußte nicht, was geschehen könnte. Verschiedene Möglichkeiten gab es. Ich wollte sie jetzt nicht mehr gegeneinander abwägen.
Vielleicht würde ja auch gar nichts geschehen.

„Vielleicht werden wir aber schon wieder zu spät kommen!", rief ich aus, ohne dem Pater alle meine Gedanken mitzuteilen und zu erläutern.
„Wir müssen sofort aufbrechen. Ich werde Herrn Leberleins Einspänner herbeiholen, wenn ihr euch inzwischen zur Reise bereitet."
Pater Anselm widersprach nicht.
Ich eilte hinaus.

XIX

Dunkle Flecken

Es war schon dunkel, als wir nach Martinsthal hineinfuhren. Die Luft war feucht, wie kalter Wasserstaub schwebte der Regen über den finsteren Straßen. Das Dorftor war noch offen.
Wir fuhren zu dem Hause, das Eiderhoffs jüngstes Besitztum gewesen war. Das Wohnhaus war verschlossen und ohne Licht, nur in einigen Ritzen der Kellertür auf der anderen Seite des Hofes schimmerte es geisterhaft wie aus weiter Ferne. Licht konnte man das nicht nennen. Vielleicht wurde in einem Teil des Kellers noch gearbeitet. Hören konnten wir allerdings nichts.
Wir wendeten uns zur Haustür. Der Klopfer machte einen ganz ungehörigen Lärm in dieser Stille.
Es regte sich nichts.
Auch als wir den Klopfer mutiger in Bewegung setzten, blieb alles still. Wir wollten uns bereits zur Kellertür begeben, als wir aus einiger Entfernung hinter uns Schritte hörten, entschlossene Schritte, sie kamen aus der Dorfstraße. Hinter uns tauchte eine Frauengestalt auf, die jugendliche Witwe Eiderhoff oder besser die junge Ehefrau Faber.
War sie erstaunt, uns zu sehen? Sie begrüßte uns, als ob sie uns erwartet hätte.
Sie trug einen einfachen und in der Einfachheit geschickt und sicher teuer geschnittenen Mantel, in dem sie besonders schlank und weiblich erschien. Um den Hals hatte sie einen roten Baldin geschlungen. Ich bemerkte das alles, nachdem sie im hohen Hausflur das Licht angezündet hatte. Sie bat uns, hereinzukommen, legte den Mantel ab, behielt aber das Umschlagtuch wie einen Schmuck über der rechten Schulter. Sie führte uns in einen kleinen Raum, der wohl besonders hergerichtet war für Weinproben, bat uns, uns niederzusetzen und fragte nach unserem Begehr.

Als wir nicht sogleich antworteten, sagte sie, sie habe den Nachmittag bei einem Nachbarn verbracht, mit dessen Frau sie sich angefreundet habe. Sie wisse deshalb nicht genau, wo sich ihr Mann, wir hätten doch sicher von ihrer Hochzeit vor einigen Tagen gehört, also ihr neuer Mann befinde.
Sie lächelte fein mit ihren Lippen, hielt aber ihre klaren Augen ganz ohne Heiterkeit auf uns gerichtet.
Wenn er sich aber nicht im Hause aufhalte, was sie aus der Stille und Dunkelheit des Hauses ersehe, sei er wahrscheinlich noch im Keller. Wie wir wahrscheinlich auch wüßten, ich sei ja ein alter Martinsthaler, erlaube es die besondere Einrichtung ihres Kellers, des Kellers also, der nun ihnen beiden, ihr und ihrem neuen Mann gehöre, daß man dort auch arbeiten könne, während sich die Weine noch in Gärung befänden.
Sie lächelte wieder, und nun glaubte ich auch, in ihren Augen eine seltsam sympathische, aber zugleich verzweifelte Erleichterung zu entdecken, wenn es so etwas überhaupt gibt, und wenn ich nicht nur nachträglich etwas gesehen zu haben glaube, was in Wirklichkeit gar nicht da war.
Oder war sie vielleicht wirklich erleichtert darüber, daß wir gekommen waren?
Warum aber war sie dann verzweifelt?

Wir gingen über den Hof zur Kellertür und stiegen nebeneinander die breite Kellertreppe hinab. Der Keller war dunkel, nur die Treppe war von zwei Kerzen sparsam erleuchtet. Eine stand auf einem Mauervorsprung rechts von der Kellertüre, einige Stufen schon unterhalb des Eingangs. Die andere war an einer Kette hoch über den letzten Stufen im Gewölbe angebracht. Sie konnte zum Anzünden heruntergelassen werden. Nur diese beiden Kerzen brannten noch. Alle anderen Kerzen, die auf Faßriegeln oder Fässern, also wesentlich niedriger standen, waren erloschen.
Auf der untersten Stufe der Treppe lag Wolf Faber, fast an derselben Stelle, an der man Eiderhoff gefunden hatte.

Er war tot.
Pater Anselm sagte nichts.
Die doppelte Witwe starrte mit unbewegtem Gesicht auf den Toten.
Sie warf sich nicht in plötzlichem Schmerz über ihn, sie klagte nicht, sie weinte nicht, sie war wie in einem grimmigen Schock erstarrt.
Die dunklen Fässer klapperten schaurig mit ihren Gärverschlüssen.
Da nahm ich das Wort: „Die Gärung ist hier in diesem Keller ungefährlich für den Winzer, da die Gärungsdünste nach dem Bach zu abfließen können. Gefahr entsteht nur, wenn man den Abfluß verstopft, mit einem großen Tuche zum Beispiel. Vor vielen Wochen habe ich im Abfluß einen roten Faden gefunden."
Ich sah sie an und wies auf ihr Umschlagtuch.
„Er zeigte dasselbe Rot wie dieser Baldin."
Sie beachtete mich nicht.
„Wie dieser Baldin", fuhr ich fort, „der jetzt als einziges eurer Kleidungsstücke dunkle Flecken aufweist. Euer Kleid ist ganz sauber, wie es auch euer Mantel war, den ich mir oben im Haus genau angesehen habe. Nur euer Baldin weist diese Flecken auf.
Wie wollt ihr das erklären?"
Sie schaute mich nicht an.
Sie wendete sich zu Pater Anselm.
Pater Anselm stand unbeweglich.
Er schwieg.
Nach einer Weile sagte sie: „Welchem Herrn diente mein Mann? Ich meine den, der da liegt.
Eiderhoff war ein nüchterner Geschäftsmann. Ich weiß, wie über ihn geredet wurde. Der Vater seiner ersten Frau und auch Herr Leberlein haben wohl unangenehme Erfahrungen mit seinem Geschäftsgebaren gemacht. Ich will das nicht beurteilen.
Zu mir war er gut. Er hat auch anderen Gutes getan...

Aber er war mir zu nüchtern, ganz ohne Aufregung, ganz ohne Abenteuer. Ich glaube, er war einfach zu alt für mich.
So habe ich mich mit dem Faber eingelassen.
Er war kraftvoll und fordernd und schmeichelte mir. Er war ein armer Junge gewesen, den seine Eltern benachteiligt haben.
Ich stamme von armen Leuten ab."
Sie machte eine Pause, und nun sah sie uns wirklich verzweifelt an.
„Ich kann das nicht erklären. Ich habe ihn geliebt. Ich wollte alles für ihn aufgeben. Ich wollte mit ihm fliehen. Er zögerte das hinaus, immer weiter, und ich ließ mich darauf ein. Aber ich wollte wenigstens ein Zeichen haben. So stahl ich den Ring meines Mannes und habe ihn Faber gegeben. Ich hatte nichts anderes, und ich dachte, es werde nicht auffallen, da Eiderhoff den Ring ja niemals getragen hat. Natürlich hatte es für mich eine besondere Bedeutung. Faber versprach, ihn an seinem Herzen zu tragen. Es war für mich so etwas wie eine Verlobung.
Er hat ihn verloren. Da kamen mir die ersten Zweifel, aber da war es wohl zu spät.
Er war das, was man einen feurigen Liebhaber nennt.
Natürlich hat er sich um andere junge Frauen bemüht. Sein Werben um andere sollte unser Verhältnis verdecken."
Sie stockte.
Pater Anselm murmelte ganz leise. „...und dann?"
„Eiderhoff starb. Es fällt mir schwer, anderen gegenüber seinen Vornamen zu benutzen. Auch in meinen Gedanken war er immer nur Eiderhoff, nur Eiderhoff.
Ich versuchte, an einen Selbstmord zu glauben, obwohl ich mir keinen Grund dafür denken konnte.
Kurze Zeit später versprach Faber, mich zu heiraten. Er tat das so, als ob er mir damit ein Geschenk machen wolle."
Ich fühlte, daß sie nun bald die Fassung verlieren werde. Ihre Stimme wurde unsicher, so, als ob sie über einem ungeheuren Abgrund schwebe.

„Welchem Herrn diente mein Mann?
Nach dieser Predigt, das war noch vor unserer Hochzeit, wollte ich zu euch, Pater Anselm, und euch um Rat fragen.
Ich konnte nicht. Meine Ahnungen...
Seit wir verheiratet sind, hat er mein Bett verschmäht. Er hat die Knechte fortgeschickt und Tag und Nacht nach dem Gold des Eiderhoff gesucht."
Plötzlich schrie sie ganz laut: „Nicht mich hat er geheiratet, nicht mich hat er geliebt, das Gold des Eiderhoff hat er geheiratet! Das Gold war sein Herr!
Ich galt ihm nichts."
Pater Anselm nahm sie bei der Hand.
Sie setzten sich auf die Treppe.
„Ausgelacht hat er mich, als ich ihn bat, wieder so zu sein wie vor der Hochzeit.
Da dachte ich an eure Predigt. Ihr habt gesagt, irgendwann zwinge das Leben einen jeden von uns, zu bekennen, welchem Herrn er diene. So lange wollte ich nicht warten. Ich wollte es sofort wissen.

Er sollte die Wahl haben zwischen mir und dem Tod, ja, dem Tod, denn jetzt weiß ich, daß der Tod des Sand kein Unfall war, der hatte uns in der Ruine beobachtet, wo wir oft zusammen waren. Der hatte uns beobachtet, ohne daß ich es bemerkt hatte. Faber hatte mich zur Kutsche gebracht und war dann zurückgegangen, um sein Taschentuch zu holen, das er vergessen hatte. Da hat er den Sand erschlagen. Ich hatte mich gewundert, daß er so lange ausgeblieben war.
Jetzt weiß ich, daß Eiderhoff nicht Selbstmord begangen hat, daß Faber mit meinem Baldin und ein paar ausgesuchten Steinen den Abfluß verstopft hatte. Herwald war bei uns, bevor er in die Kälte ritt."
Wir sahen sie erstaunt an.
„Woher ich das weiß? Der Faber hat es mir selbst gesagt und hat mir gedroht, mich den gleichen Weg zu schicken, wenn ich ihn weiter belästige. War das seine ganze Liebe? Dann

dachte ich an eure Predigt. Irgendwann zwingt das Leben jeden von uns, zu bekennen, welchem Herrn er dient.
Ich ließ ihm die Wahl.
Ich habe den Abfluß verstopft und bin dann zu ihm geeilt und habe ihn hier unten im Keller gebeten, zu mir hinaufzukommen. Ich wolle auf ihn warten oben im Haus. Er solle sich beeilen um unserer Liebe willen, denn bald könnte es zu spät sein. 'Denke an meinen Mann', sagte ich noch.
'Ich bin jetzt dein Mann', sagte er da und schaute mir nach, wie ich die Kellertreppe hinaufging. Ich habe den Abfluß verstopft, und als er nach einiger Zeit nicht kam, habe ich ihn wieder geöffnet..."
Sie schwieg.
„Er hat das Gold und den Tod gewählt. Er hat selbst gewählt!", sagte sie dann, und etwas später sagte sie:
„Wenn ihr glaubt, das sei ein Mord gewesen, wenn ihr glaubt, daß ich ihn ermordet habe, so übergebt mich der Polizei. Was mir zugeteilt wird, will ich ohne Klagen erdulden."

Ich sah den Pater unschlüssig an. Ich wußte wirklich nicht, was wir tun sollten. Da hatten wir eine Frau, die den Fehler, ihren ersten Mann verlassen zu haben, wohl jetzt bitter bereute.
Sie hatte einem Mörder die Gelegenheit gegeben, sich selbst umzubringen.
War das Mord?
Was könnte man ihr nachweisen, wenn wir sie zur Polizei brächten, und wenn sie sich dann anders besänne und alles abstritte?
Wer würde uns diese merkwürdige Geschichte glauben? Ein geschickter Advokat könnte sie leicht zerpflücken und als abenteuerliches Hirngespinst erscheinen lassen.

Pater Anselm erhob sich und sagte, es sei für uns jetzt an der Zeit, ein Bett für die Nacht zu suchen. Wir seien ja wohl zu spät gekommen, den Tod des Faber zu verhindern, der ihm

zwar einigermaßen rätselhaft erscheine, die Behörde aber sicher nicht allzu sehr in Verwirrung bringen werde.
Wir gingen die Treppe hinauf. Die Witwe wollte selbst die Behörde benachrichtigen.
Ich war unzufrieden.
Pater Anselm ging so einfach aus dieser schrecklichen Geschichte hinaus.
Wir standen schon vor der Kellertür. Etwas wollte ich noch sagen, den Abschied hinauszuzögern, Zeit gewinnen. So konnten wir nicht nach Johannisberg zurückfahren. Der Schatz fiel mir ein, und ich fragte sie, wo denn der Goldschatz geblieben sei. Sie sah mich so an, daß ich mich schämte, diese Frage gestellt zu haben.
„Schatz? Das war das Vermögen, das er sich erworben hatte!"
Sie führte uns wieder in den Keller hinab. Der Faber habe sich, seiner Natur gemäß, ein kompliziertes Versteck für den Schatz vorgestellt und daher nur in den schwer zugänglichen Winkeln des Kellers gesucht. Eiderhoff habe den Schatz bis auf weiteres einfach unter die Kellertreppe geschoben und einen Stein davor gelegt. An einem so leicht zugänglichen Ort werde keiner einen solchen Schatz vermuten, und sie zeigte uns die Goldmünzen, die nun wieder allein ihr gehörten, und mit denen sie ein ganzes Heer von Advokaten hätte bezahlen können.

XX

Maria fragt

Ein Bett fanden wir bei meinen Eltern, und Grandpatte, der die ganze Zeit brav mit uns getrottet war, fand auch die Leckerbissen, die er sich bei meiner Mutter erhofft hatte.

Am anderen Tag fuhren wir erst nach dem Mittagessen zurück.
Eigentlich bin ich erst auf dieser Heimfahrt wieder zu mir gekommen, denn die Eltern, erstaunt über den Besuch des Paters zu so später Stunde, hatten es an versteckten und schließlich offenen Fragen nicht fehlen lassen. Es war mühsam gewesen, allen diesen Fragen entweder auszuweichen oder sie nicht oder nur harmlos zu beantworten, ohne zu lügen. Jetzt endlich hatte ich die Ruhe, geordnet über das nachzudenken, was wir erlebt hatten.

Pater Anselm saß still neben mir und hielt zeitweilig sogar die Augen geschlossen. Auch er war wohl damit beschäftigt, noch einmal alles zu durchdenken.
Alles?
Nein, nur den Tod des Wolf Faber, den sie auch nicht mit Vornamen genannt hatte.
War es Mord?
Er hätte die Möglichkeit gehabt, aus dem Keller hinauszugehen. Sie hatte ihn aufgefordert, aus dem Keller zu gehen, angedeutet, daß es bald zu spät sein könne, wenn er nicht gehe.
Jetzt, da ich dies niederschreibe, ist mir genauso unbehaglich und ungewiß zumute, wie damals im Wagen.
Sie hat ihn doch getäuscht. Er wußte nicht, daß sie den Abfluß verstopft hatte.
Hätte er das ahnen müssen? Sie hatte ihn an Eiderhoff erinnert...

Er hätte es ahnen müssen, wenn er nicht völlig wahnsinnig gewesen wäre vor Habsucht, vor Gier nach Gold.
Kann einer so gierig sein?
Meine Gedanken gerieten auf Abwege. Ich dachte an das Gold der Perser für Ephialtes und an die dreißig Silberlinge.
Aber das war nicht die Frage.
Die Frage war, ob sie seinen Tod wirklich gewollt hatte...
wie aber...
„Wie", sagte da Pater Anselm gerade, als auch ich anheben wollte, etwas zu sagen, „Wie, sollen wir das entscheiden?
Wie könnten wir einen Nachweis erbringen?
Mord oder Nicht-Mord, das liegt verborgen in der Seele der Frau!"

Maria und Herr Leberlein hielten sich in dem geräumigen Wohnzimmer auf, in dem der lange Tisch so geruhsam zwischen den hochlehnigen Stühlen steht. Herr Leberlein saß in der gemütlichen Ecke, die jetzt durch niedrige Poltersessel von dem Tisch so getrennt ist, daß das Zimmer sowohl für feierliche Anlässe, als auch für das schlichte Beisammensein bereitet ist. Er las in einem Buche, während Maria die Gläser in dem dunklen Schrank an der nördlichen, fensterlosen Seite des Zimmers ordnete.

Wir hatten uns schließlich darauf geeinigt, daß wir außer Maria und ihrem Vater niemandem etwas über die Morde sagen wollten. Der Mörder war tot, und ob sein Tod ein Mord war, wollten wir nicht entscheiden. Wir neigten zwar beide zu der Auffassung, daß man die Handlungsweise der Witwe als mörderisch ansehen könne, aber ein richtiger Mord, bei dem dem Opfer kein Ausweg gewiesen wird, schien es uns auch wieder nicht zu sein. Sie hatte ja versucht, ihn aus dem Keller herauszuholen.
Ist es das Kennzeichen eines Mordes, daß dem Opfer kein Ausweg gewiesen wird?
Aber das waren alles nutzlose Erwägungen.

Wir konnten nicht erwarten, daß uns die Obrigkeit auch nur anhören werde. Das war wohl ausschlaggebend dafür, daß wir schwiegen.
Wir wollten die Witwe nicht den ständig wiederkäuenden Zähnen des Geschwätzes zum Fraße vorwerfen...
Wir mußten auch davon absehen, Oskar unsere Kenntnisse mitzuteilen, da seine offene Art einem Geheimnis nicht zuträglich war.

Pater Anselm ließ sich seufzend neben Herrn Leberlein nieder, bedankte sich für das Glas Riesling, das dieser ihm reichte und schwieg. Maria setzte sich neben ihn und schaute mich erwartungsvoll an.
Ich erzählte also, was uns in Martinsthal begegnet war, wie wir den Faber im Keller tot gefunden, und was wir von seiner Witwe erfahren hatten. Ich erklärte, daß Faber der Mörder sei, den wir so lange gesucht hätten, ohne bei Maria oder ihrem Vater das erwartete Erstaunen hervorzurufen. Es war, als ob sie diese oder eine ähnliche Katastrophe hätten kommen sehen.
Herr Leberlein fragte nur, wie wir uns die ganze Mordgeschichte nun vorstellten. Ob wir ihm nicht einen Überblick geben könnten. Ich meinte, ich wolle da Pater Anselm nicht vorgreifen; denn ich sah, daß er sich gestärkt hatte und nun begierig war, diesen Überblick selbst vorzutragen.

Wir hingen alle nun an Pater Anselms Munde, der also anhob, das Ergebnis seiner Überlegungen vor uns auszubreiten:
„Der Wolf Faber hat, sobald er nach Geisenheim kam und in die Dienste des Eiderhoff trat, daraufhin gearbeitet, in ein vertrautes Verhältnis zu dessen Frau zu gelangen und dieses Verhältnis so eng zu gestalten, daß er daraus ein Mittel machen konnte, sich in den Besitz von Eiderhoffs Vermögen, vor allem von seinem Goldschatz zu bringen. Er war natürlich nicht bereit, mit ihr davonzulaufen, wie sie es sich in

falscher Romantik vorgestellt hatte. Das hätte ja seinen Plan ganz zunichte gemacht. Er war vielmehr darauf bedacht, durch Werben um andere heiratsfähige Frauenspersonen wie die Nausikaa aus Gottesthal und die Winzerstochter aus Rüdesheim Herrn Eiderhoff und die Öffentlichkeit über seine Absichten zu täuschen. Bei einem zumindest ist es ihm auch wohl gelungen!"
Dabei sah er mich an und schmunzelte.
Ich bemerkte, daß Maria sich ärgerte.
Das tat mir wohl.
„Als er feststellen mußte, daß der Sand ihn zusammen mit Frau Eiderhoff wohl in eindeutiger Bewegung an einem verschwiegenen Ort in oder bei der Ruine Ehrenfels gesehen und erkannt hatte, wußte er, wie sehr sein Plan in Gefahr geraten war, denn es war ihm bekannt, daß Sand mit Eiderhoff des öfteren zusammen war. Wenn ihn Sand verraten hätte, hätte er seinen schönen Plan, die junge Frau zu verführen und dann ihren Ehemann umzubringen, aufgeben müssen und wäre nicht in den Besitz des Vermögens gelangt. Er hat den Sand sofort getötet, indem er ihn mit einem Feldstein erschlug. Dann versuchte er, den Mord als Unfall erscheinen zu lassen, was ihm dank Karls Aufmerksamkeit nicht gelungen ist."
Maria nahm meine Hand.
„Wir nehmen an, die Kräuterfrau habe sowohl die Liebesszene als auch den Mord gesehen, da wahrscheinlich sie es war, die die Beine des Toten so unnatürlich ausgestreckt hat. Faber dachte wahrscheinlich, sie habe nur die Liebesszene gesehen, und es habe keine Eile, sie aus dem Wege zu räumen, da es wenig wahrscheinlich war, daß sie Eiderhoff etwas sagen werde. Von der Verbindung zwischen ihr und Eiderhoff wußte er nichts. Er war natürlich in Eile, da Frau Eiderhoff auf ihn wartete. So suchte er auch nicht nach dem Ring, den er verloren hatte. Vielleicht hat er auch nicht sogleich bemerkt, daß er den Ring verloren hatte. Er dachte wohl nicht, daß ihn einer so schnell oder überhaupt finden werde."

Er schaute auf Grandpatte, der zu ihm aufsah, als ob er alles verstehen könne.

„Vielleicht am Abend noch hat er wohl erfahren, wahrscheinlich von einem der Leute des Bürgermeisters, daß die Lage der Leiche verändert war. Da muß er sofort an die Kräuterfrau gedacht haben. Das wurde ihr zum Verhängnis. Wahrscheinlich hat er sie schon am nächsten Morgen in der Frühe erschossen.

Er hat dann auf eine Gelegenheit gewartet, den Eiderhoff zu töten, bis in den Herbst. Da bot sich ihm ein ganzer Keller als Mordwerkzeug an. Den Baldin der Geliebten hat er benutzt, den Abfluß zu verstopfen, damit die erstickenden Dünste der Gärung im Keller erhalten bleiben mußten. Er benutzte diesen Baldin aus Vorsicht, wenn denn überhaupt ein Verdacht aufkommen sollte, müßte er auf die Frau fallen. Wohl deshalb hat er sich auch nicht so sehr bemüht, den Abfluß von allen Fusseln und Fäden zu reinigen, die da etwa zurückgeblieben sein konnten.

Eiderhoff war arglos, da er wußte, daß der Keller seiner guten Abluft wegen ungefährlich war. Als eine Kerze erlosch, dachte er noch nicht an Gefahr. Vielleicht bemerkte er es gar nicht, da er beschäftigt war. Als dann mehrere Kerzen erloschen waren, war es zu spät. Da war der Raum bis in die Höhe seines Kopfes mit den Gärungsdünsten gefüllt. Eiderhoff gelangte gerade noch zur Treppe.

Faber brauchte nur noch den Abflußkanal wieder zu öffnen und ein wenig Gift in einem Glase auf den Tisch zu stellen.

Dann kam Herwald, um Faber zu erpresen. Der hatte wohl nicht den Mord gesehen, sonst hätte er Karl gegenüber davon Erwähnung getan.

Der hatte den Ehebruch oder das Vorspiel zum Ehebruch gesehen und konnte sich nach dem Tode des Eiderhoff alles zusammenreimen.

Seiner konnte er sich leicht entledigen, indem er diesmal den Kälteeinbruch als Mordwerkzeug nutzte. Es kostete ihn nur einige Flaschen Wein, mit denen er den Erpresser regalierte,

nachdem er zunächst mit ihm gestritten hatte und dann scheinbar auf seine Forderungen eingegangen war.
So erklären wir uns den Ablauf der Morde. Der Mord an Eiderhoff war der Mord, auf den es dem Mörder ankam. Aus ihm sind alle anderen Morde abzuleiten.
Wir sind so lange in die Irre gegangen, weil wir annahmen, der erste Mord, der Mord an Jakob Sand, habe alle anderen nach sich gezogen.
Der Mörder ist tot. Seine Frau hat ihn auf eine mörderische Probe gestellt. Wie er hat sie den Abfluß verstopft, mit demselben Umschlagtuch. Dann hat sie ihn gebeten, zu ihr zu kommen und ihr seine Liebe zu zeigen. Er hat stattdessen weiter nach dem Schatz des Eiderhoff gesucht und ist wie dieser in den Gärdünsten erstickt.
Eines nur können wir uns noch immer nicht erklären, warum die Kräuterfrau so seltsam reagierte und den Mord an Sand, den sie sicher gesehen hat, nicht unverzüglich meldete."
Da lachte Herr Leberlein und nahm einen großen Schluck aus seinem Glase. „Wir sind hier nicht untätig gewesen. Maria hat den Mordfall auch aufgeklärt, nur etwas anders als ihr."
Wir sahen Maria fragend an.

Sie lächelte und räusperte sich ein wenig:
„Seit heute morgen wußte ich, daß Wolf Faber der Mörder war!"
Jetzt wußte ich, warum sie und ihr Vater unsere Nachricht vom Tode des Mörders mit so wenig Erregung hingenommen hatten.
„Nachdem ihr so schnell weggefahren wart, habe ich über alles noch einmal nachgedacht. Ich habe auch überlegt, wen Karl gesehen haben könnte. Dann bin ich zu den Eltern des Wolf Faber nach Winkel gefahren. Warum ich das tat?"
„Vielleicht war das die weibliche Intuition!", warf ich ein.
„Nein", fuhr sie etwas unwillig fort, „sicher nicht allein. Ein paar schlußfolgernde Gedanken waren auch dabei. Ich dachte an das, was er über seine Jugend erzählt hatte. Wie er

behandelt worden sei. Wie sehr seine Geschwister ihm vorgezogen worden seien. Das ist doch ungewöhnlich. Meist werden die jüngsten doch ein wenig verhätschelt. So kam ich darauf, daß da etwas Ungwöhnliches vorliegen könne.
Vielleicht ist es ja so, daß wir Frauen diese Dinge mit mehr Mitgefühl aufnehmen.

Was ich geahnt hatte, traf zu. Wolf Faber war nicht der Sohn der Leute, die er für seine Eltern gehalten hat.
Dorothea Christ, die Kräuterfrau, hatte ein Kind bekommen zur gleichen Zeit wie Frau Faber. Deren Sohn war unmittelbar nach der Geburt gestorben. Dorotheas Vater hatte davon gehört. Er brachte ihren Sohn zu Frau Faber, die ihn aufzog. Seiner Tochter sagte er davon nichts. Er wollte die Ehre der Familie retten, die er durch das uneheliche Kind seiner Tochter bedroht sah. Vielleicht vermutete er auch, der Pater, von dem Pater Anselm erzählt hat, könne der Kindesvater sein. Das wäre in seinen Augen besonders schlimm gewesen. Das werden wir aber nicht mehr klären können.
Als Kräuterfrau versuchte sich Dorothea bei allen Leuten, die sie um Rat fragten, nach einem angenommenen Kind zu erkundigen, lange Zeit ohne Erfolg; denn die davon wußten, hatten wenig Neigung, darüber zu reden. Erst wenige Wochen vor ihrem Tode hat sie für Frau Faber einige Medikamente bereitet. Da hat sie von dem angenommenen Kinde erfahren. Frau Faber dachte wohl, nach so langer Zeit könne die Entdeckung des Geheimnisses keinen Schaden mehr anrichten.
Dem Wolf Faber hat Dorothea nichts davon gesagt.
Der hat seine eigene Mutter ermordet, ohne zu wissen, daß sie seine Mutter war.
Warum sie ihm nichts gesagt hat? Ich weiß es nicht. Ich kann mir aber gut vorstellen, daß sie Zeit brauchte, um sich darauf vorzubereiten. Dann war es zu spät."
„So war das also", sagte Pater Anselm.
„Damit wäre nun alles geklärt," bemerkte ich und sah Pater

Anselm an, „nur wundere ich mich jetzt, daß wir das nicht auch feststellen konnten."
Pater Anselm hatte sich ganz zu Maria hingewendet: „Allein, was er da über seine Jugendzeit erzählte, allein das hat dich auf die Spur des Mörders gebracht?"
Maria blinzelte und dann lächelte sie: „Ich will euch sagen, was ich bisher verschwiegen habe.
Ihr Männer seid in tiefster Seele davon überzeugt, daß Söhne ihren Vätern ähnlich sehen, so wie ihr, wenn ihr überhaupt geneigt seid, bei euch selbst eine Ähnlichkeit zu finden, diese zuerst einmal zu eurem Vater findet. Vielleicht seht ihr diese Ähnlichkeit, weil ihr meint, die Söhne müßten das Werk ihrer Väter fortführen.
So habt ihr die Züge des Geliebten der Kräuterfrau in den Gesichtern der Verdächtigen gesucht und habt ganz übersehen, daß der Wolf Faber die Züge seiner Mutter trug, wie die meisten Söhne die Züge ihrer Mütter tragen!"

Ein paar Tage später traf ich Oskar in den Weinbergen. Er erzählte mir, der Wolf Faber sei in seinem Keller in Martinsthal tot aufgefunden worden. Wahrscheinlich sei er an Überanstrengung gestorben. Die Knechte, die von der Polizei ausführlich befragt worden seien, hätten ausgesagt, er habe Tag und Nacht im Keller gearbeitet. Ein Arzt allerdings habe gemeint, vielleicht wäre er auch erstickt. Der Keller sei zwar weitgehend frei von Gärungsdünsten, da er einen Abfluß habe, er sei aber eben doch nicht ganz frei von diesem atemraubenden Hauch der Gärung. Besonders in Bodennähe könne dieser wohl einen ungünstigen Einfluß ausgeübt haben.
Der Schultheiß habe beschlossen, die Todesursache sei Überanstrengung gewesen.
In Winkel sei der Wolf Faber ins Grab gesenkt worden. Die Stelle, an der er begraben liege, solle, so habe sich die Witwe vernehmen lassen, nur durch ein schlichtes Steinkreuz mit seinem Namen bezeichnet werden. Ihrem ersten Mann dagegen

wolle sie nun einen prächtigen Grabstein setzen lassen. Sie habe bereits mehrere Künstler beauftragt, ihr Entwürfe vorzulegen. Einzelheiten habe sie für die künstlerische Gestaltung nicht vorgegeben, sie habe den Künstlern nur ein Thema genannt, die Treue.
Dann meinte Oskar, er wundere sich über die merkwürdigen Ideen der Frauen.
„Ja", sagte ich, „Frauen haben zuweilen seltsame Ideen, aber..."
„Frauen!", sagte er, mich unterbrechend, und machte eine Bewegung mit seiner Rechten, als habe sich ein flatteriges Wesen auf seiner Stirn niedergelassen, das er verscheuchen müsse.
Er hörte nicht mehr auf das, was ich noch hatte sagen wollen, sondern ging erhobenen Hauptes durch die Weinberge davon.

Grandpatte trottete hinter ihm her, bis er merkte, daß ich stehengeblieben war.

Anmerkungen zum geschichtlichen Hintergrund

Wie schon seinen ersten Kriminalroman „Der Tote zuwenig", so läßt Eberhard Kunkel auch seinen zweiten Roman „Mord hat viele Kleider" zu einer Zeit im Rheingau spielen, die bestimmt wird von den Ereignissen, die in der Französischen Revolution ihre Ursache hatten.

Diese unruhige, kriegerische Zeit am Ende des 18. Jahrhunderts läßt sich mit wenigen Worten wohl am besten am Schicksal der Stadt Mainz darstellen:
Am 21. Oktober 1792 wird Mainz durch die Franzosen erobert. Schon im selben Jahr bereiten die Koalitionstruppen, vor allem die Österreicher und Preußen, die Belagerung der Stadt vor.
Am 22. Juli 1793 kapitulieren die Franzosen.
1795 versuchen die Franzosen dann erneut, Mainz zu erobern.
Am 29. Oktober 1795 wird ihr Belagerungsring durchbrochen.
Noch im Jahre 1797 fällt Mainz aber wieder an Frankreich. Und auch damit nicht genug: Im Jahre 1814 wird Mainz wieder von den Koalitionstruppen eingenommen.

Die Ausführungen zu den unruhigen Zeiten und die Angaben zu den Ereignissen der Jahre 1795 und 1796 sind größtenteils zwei Ausgaben einer alten Rheingauer Wein- und Geschichtschronik entnommen.
Eine Fassung dieser Chronik, die die Jahre 1626 - 1848 umfaßt, gelangte 1864 in den Besitz der freien Stadt Bremen. Dieser handschriftliche Bremer Chronik-Codex wurde von Christian Josef Labonte bearbeitet und 1979 veröffentlicht.
Die zweite Fassung dieser Rheingauer Wein- und Geschichtschronik veröffentlichte Dr. Robert Haas im Jahre 1854 in seinem „Publicistischen Bureau" zu Wiesbaden. Seine Chronik ist 1971 als Nachdruck wieder aufgelegt worden.

Auch einzelne Details, die Eberhard Kunkel in seinen Roman hat einfließen lassen, finden sich in den Chroniken des Dr. Haas und der Stadt Bremen. So beispielsweise der Hinweis, daß am 29.2.1796 ein Mann zwischen Walluf und Schierstein erfroren sei, oder der Hinweis auf die Entführung des Mädchens aus dem Kloster Gottesthal.

An einer anderen Stelle ist der Autor mit der Historie allerdings etwas gewaltsam verfahren. Das Haus der Brentanos kam erst 1804 an die Familie Brentano. Die Geschwister Bettine und Clemens können also schwerlich schon 1795 dort gewesen sein, wenn auch ihr Alter durchaus zur Handlung des Romans paßt. Eberhard Kunkel hat Clemens Brentano dennoch in seiner Kriminalgeschichte auftreten lassen, da er ihm auf Grund seiner Schriften der beste Gewährsmann für die Sagen des Rheins aus dieser Zeit zu sein scheint.

Historische Notizen:

(Seite 7) Die „Ehrenfels" wurde zwischen 1208 und 1220 im Auftrag des Mainzer Erzbischofs Siegfried II. von Philipp von Bolanden erbaut.

Von der Ehrenfels aus konnte man die gefährliche Rheinenge am „Binger Loch" kontrollieren und den Fluß gegebenenfalls sogar sperren. Vermutlich um 1239 wurde auf der Ehrenfels erstmals der Rheinzoll erhoben, der für den Mainzer Erzbischof und sein Domkapitel zu einer wichtigen Einnahmequelle wurde.

1689 wurde die Burganlage im Pfälzischen Erbfolgekrieg endgültig zerstört, nachdem sie aufgrund ihrer strategischen Bedeutung bereits zuvor mehrfach belagert und besetzt war. Seitdem präsentiert sich die Ehrenfels als mächtige Ruine. In den vielen Sagen, die sich um die Ruine Ehrenfels ranken, ist meist von der Entdeckung großer Weinkeller voll guten

Dieser Ausschnitt aus einer Karte von 1749 zeigt uns die Burg Ehrenfels, „das alte schlos Ehrenfels", bei Rüdesheim. HHStA. Wbn. Abt. 3011, Nr.1107 v.

Weines oder von in den Kellern verborgenen Schätzen die Rede. Wenn man weiß, daß die Burganlage Ehrenfels vom Mainzer Erzbischof zeitweise als sicherer „Tresor" für den Staatsschatz benutzt wurde, sind solche Sagenbildungen gut zu verstehen.

(Seite 17) „Peter Schmidt" war von 1795 - 1802 kurfürstlicher Amtskeller und somit der oberste Beamte im Amt Rüdesheim.

(Seite 17) „die kleinen gewürzhaften Rieslingtrauben" schreibt Adelheid v.Stolterfoth in ihrer „Beschreibung, Geschichte und Sage des Rheingaues und Wisperthales" (Mainz, 1840). Auch die Orleanstrauben auf dem Rüdesheimer Berg sind dort erwähnt.

(Seite 19) „Tertullianus" - Quintus Septimus Tertullianus (150 - 220 n.Chr.), Kirchenschriftsteller. Zitiert wird aus seiner Schrift: „De spectaculis", über die Spiele.

(Seite 30) Das „Kloster Gottesthal" wurde nach 1140 als Augustinerchorherrenstift gegründet. 1213 zogen dann Augustinerinnen in das Kloster. Im Jahre 1247 wandten sich die Nonnen dem Zisterzienserorden zu und gehörten von nun an als Tochterkloster zum Klosterverband des Klosters Eberbach. Im Zuge der Säkularisation wurde das Kloster im Jahre 1811 aufgehoben.

Das Kloster Gottesthal befand sich nördlich von Oestrich im Pfingstbachtal. Heute steht von der ursprünglichen Klosteranlage nur noch das Pfortenhaus.

Der Kurmainzer Rheingau zur „KARL-Zeit".

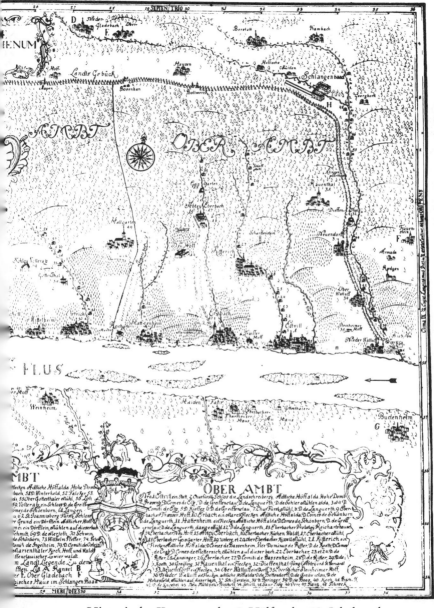

Historische Karte aus der 2. Hälfte des 18. Jahrhunderts.

(Seite 30) Von „Nausikaa", der Tochter des Phäakenkönigs, berichtet Homer in der Odyssee.

(Seite 47) „Graf Ostein, der Herr des Waldes" kaufte den Niederwald über Rüdesheim im Jahre 1763. Karl Maximilian Graf von Ostein errichtete auf dem Niederwald ein großes Jagdschloß und ließ das große Waldstück nach dem damaligen Geschmack gestalten.

(Seite 50) „Hildegard von Bingen" (1098 - 1179), Äbtissin und universale Gelehrte, gilt als eine der bedeutendsten Frauen des Mittelalters. In ihrer Schrift „Causae et Curae" schreibt sie über die Ursachen und die Behandlung von Krankheiten.

(Seite 70) „Ovid" - Ovidius Naso, römischer Dichter, lebte zur Zeit des Kaisers Augustus von 43 v.Chr. bis 17 n.Chr. Die zitierte Zeile ist übersetzt von August Wilhelm Schlegel (1767 - 1845), einem Zeitgenossen Karls.

(Seite 70) Mit „Herrn Walther" ist Walther von der Vogelweide gemeint, der bedeutendste deutscher Lyriker des Mittelalters (1170 - 1230).

(Seite 97) Das „Stück" ist ein Mengenmaß. Allerdings sind die Mengen, die es bezeichnet, regional unterschiedlich. Im Rheingau sind 1200 Liter ein „Stück", und ein Faß dieser Größe nennt man „Stückfaß".

(Seite 115/116) Der „Geheimrat aus Weimar", Johann Wolfgang von Goethe, zitiert aus seinem Gedicht: „Den verehrten achtzehn Festfreunden am August 1831". (zitiert nach Cotta, 1840)

(Seite 118) Die Bemerkung Goethes, ‚sehen' und ‚glauben' betreffend, verdanken wir dem Fleiß des Johann Peter Eckermann.
Gespräche mit Goethe, Dienstag den 20. Juli 1831

(Seite 123) Der Mainzer Erzbischof Gerlach (1346 - 1371) gründete im Jahre 1363 zum Schutz einer Schwachstelle im „Rheingauer Gebück", der ehemaligen Rheingauer Landeswehr, ein Dorf und gab ihm den Namen „Martinsthal", eine Reverenz an den Patron des Mainzer Erzbistums und des Mainzer Doms. Der Kunstname des Erzbischofs konnte sich unter den Rheingauern aber nicht durchsetzen, sie nannten Martinsthal einfach nur „Neudorf". Erst seit 1935 heißt Martinsthal ganz offiziell wieder Martinsthal. Nach der Gebietsreform im Jahre 1977 ist das Weindorf Martinsthal heute ein Stadtteil von Eltville.

(Seite 123) Das literarische Bild vom „roten Faden", der sich durch eine Geschichte zieht, ist eine Idee von Johann Wolfgang v. Goethe. Goethe benutzt diese Metapher des roten Fadens zum ersten Mal in seinem Roman „Wahlverwandtschaften" (1809). Er erläutert es, indem er darauf hinweist, daß sich durch alle Taue der königlichen englischen Flotte ein roter Faden hinziehe, der in sämtliche Tauwerke eingesponnen sei.

(Seite 133) Auch die Bemerkung Goethes über die Wirkung des Weines hat uns Johann Peter Eckermann überliefert.
Gespräche mit Goethe, Dienstag den 11. März 1828

(Seite 145) „Zelter" ist ein Pferd, das abgerichtet ist, im Paßgang zu gehen. „zelten" ist das spätahd. Wort für „im Paß gehen". Vor allem Damen im Damensattel ritten auf einem ruhigen Zelter.

(Seite 163) „Ephialtes" war ein Malier oder Trachinier, der in der Schlacht bei den Thermopylen (480 v.Chr.) eine für die Griechen unter Leonidas unheilvolle Rolle spielte. Er führte die Perser des Xerxes in den Rücken der griechischen Stellung.

Mord hat viele Kleider
(E. Kunkel)

Inhaltsverzeichnis

I.	In der Ruine Ehrenfels	7
II.	Maria hat Besuch	29
III.	Pater Anselms Rat	36
IV.	Noch einmal in der Ruine	41
V.	Spinnweben im Gesicht	48
VI.	Rädergulden und Friedrichsdor	55
VII.	Durch das Perspektiv gesehen	68
VIII.	Im Erkerzimmer	77
IX.	Ein Gespräch	83
X.	Nur zwei Eckpunkte	89
XI.	Am Rande des Krieges	96
XII.	Oskars Erleuchtung	106
XIII.	Spitze Argumente	112
XIV.	Ein mörderisches Wetter	119
XV.	Der rote Faden	123
XVI.	Hirngespinste	129
XVII.	Skandal und Hagelschlag	143
XVIII.	Die Hochzeit	148
XIX.	Dunkle Flecken	155
XX.	Maria fragt	162
Anmerkungen zum geschichtlichen Hintergrund		172

Zur Person:

KARL

Karl ist ein Comic-Held!
Als „Spätlesereiter" wurde er bekannt.
Die Geschichte von der Entdeckung der Spätlese
im Jahre 1775 ist sein erstes Comic-Abenteuer gewesen.
Mittlerweile hat er bereits acht Abenteuer erfolgreich
bestanden und seinen Ruf als Comic-Held gefestigt.

Die Karl-Autoren, Apitz und Kunkel, erzählen
Bildergeschichten, die entlang des Rheins vor dem histo-
rischen Hintergrund des ausgehenden 18. Jahrhunderts
spielen.
Die Autoren arbeiten dabei auf humorvolle Art und
Weise geschichtliche Ereignisse auf und vermitteln in der
den KARL-Comics als Literaturform eigenen Synthese
aus Wort und Bild Wissenswertes über Wein und
Geschichte.

Folgende KARL-Comics sind bisher erschienen:

KARL· Der Spätlesereiter
Band 1 · ISBN 3-925771-02-6

KARL· Das Faß der Zisterzienser
Band 2 · ISBN 3-925771-04-2

KARL· Die Revolution
Band 3 · ISBN 3-925771-05-0

KARL· Der Fall Loreley
Band 4 · ISBN 3-925771-10-7

KARL· Das Gold der Nibelungen
Band 5 · ISBN 3-925771-12-3

KARL· Ballon Bonaparte
Band 6 · ISBN 3-925771-14-X

KARL· Lord am Rhein
Band 7 · ISBN 3-925771-17-4

KARL· Die Krönung
Band 8 · ISBN 3-925771-22-0

(KARL-Comics, 48 Seiten farbig 14,80 DM)

Die **KARL**-Weinbücher

KARL-Weingeschichte

*Die Geschichte
des deutschen Weinbaus.
Das Buch bietet eine
geschichtliche Abhandlung der
Entwicklung des deutschen
Weinbaus von den Römern bis heute,
die zum einen durch informative
Bilder unterstützt und zum anderen
von Karls treuem Hund Grandpatte
humorvoll begleitet wird.*

KARL-Weinkompendium

*Gemeinsam mit Pater Anselm hat
Karl einen Vortrag zum
Weinbau gehalten, der als
önologische Comicographie
in Buchform erschienen ist:
Im KARL-Weinkompendium
erfährt der Leser
alles Wissenswerte über
die Kunst des Weinbaus.*

*KARL-Weingeschichte und KARL-Weinkompendium vermitteln
so im Duett allen Lesern auf unterhaltsame Weise
das Wichtigste vom deutschen Wein und seiner Geschichte.*

*(KARL-Weinbücher, 96 Seiten farbig,
fester Einband, gebunden, 25,80 DM)*